NOTICE HISTORIQUE

SUR

NOGENT-SUR-MARNE

NOTICE HISTORIQUE

SUR

NOGENT-SUR-MARNE

PAR

LE M^{IS} DE PERREUSE

ANCIEN OFFICIER SUPÉRIEUR D'ARTILLERIE, MAIRE DE CETTE COMMUNE

PARIS

IMPRIMERIE DE J.-B. GROS

RUE DES NOYERS, 74

—

1851

DU CONSEIL MUNICIPAL DE NOGENT.

CHERS COLLÈGUES,

Je vous dédie cette notice historique sur notre commune ; je devais à l'appui que vous m'avez toujours donné, pendant ma longue administration, ce témoignage de gratitude. Vous retrouverez avec plaisir, je n'en doute pas, le tableau des progrès que nous avons fait faire ensemble au pays. Je les ai indiqués par ordre chronologique, et vous pourrez ainsi en suivre tous les développements.

Mais, non seulement j'ai voulu rappeler ce qui s'est passé dans la commune, depuis que la confiance de mes concitoyens m'a appelé à leur tête, j'ai cherché encore à indiquer sommairement les événements qui s'y sont accomplis depuis son origine reculée ; j'ai consulté pour cela tous les livres et manuscrits que je pouvais avoir à ma disposition ; j'avais heureusement commencé ce travail, lorsque mes yeux n'étaient point affectés comme ils le sont aujourd'hui, et j'ai trouvé ainsi, dans mes souvenirs et dans les notes que j'ai pu prendre, les matériaux nécessaires.

J'espère, chers collègues, que vous apprécierez mes efforts pour faire connaître tout ce qui peut intéresser Nogent ; depuis que je l'habite, je l'ai adopté, comme si j'étais un de ses enfants, et c'est avec un véritable plaisir que j'ai recherché les traces de son passé.

Je n'ai point flatté les mauvaises passions : notre commune n'en a pas été plus exempte que le reste de la France ; je les ai fait connaître, mais j'ai montré, autant qu'il a dépendu de moi, qu'elles ne se sont jamais rencontrées que dans de faibles minorités, et j'ai pu constater, avec bonheur, que la majorité fut toujours saine et animée des meilleurs sentiments.

Je ne sais ce que me réserve l'avenir, et si je pourrai longtemps encore présider vos délibérations ; mais j'ai voulu, avant la fin de ma carrière, donner une nouvelle preuve de mon désir d'être utile. Vous accepterez, chers collègues, mes intentions comme un témoignage de sympathie et de dévouement.

Nogent est un gros village situé à dix kilomètres à l'est de Paris ; il fait partie du département de la Seine, de l'arrondissement de Sceaux et du canton de Charenton.

Son territoire comprend une superficie de 699 hectares qui se divisent ainsi :

	hect.	ares.
Terres labourables.	408	»
Vignes.	46	»
Jardins et parcs.	80	60
Prairies.	8	50
Oseraies.	»	13
Bois.	15	»
Carrières.	»	50
Sol des bâtiments et cours.	8	50
Église, cimetière et mairie.	»	60
Chemins et places publiques.	30	67
Rivières, ruisseaux, etc.	25	50
A reporter.	624	»

	hect.	ares.
Report. . . .	624	»
Partie du fort dépendant de la commune.	6	»
Domaine de la couronne (bois de Vincennes).	69	»
Total égal.	699	»

Cette contenance représente un revenu cadastral de 78,177 francs.

Le sol de Nogent est généralement glaiseux ; les parties qui se rapprochent de la Marne sont sablonneuses et réclament beaucoup d'engrais.

La culture des légumes, pour l'approvisionnement de Paris, est très-suivie dans presque tout le territoire. Les asperges et les haricots que l'on récolte en vert sont surtout cultivés ; les pommes de terre sont de bonne qualité et forment aussi une partie importante des productions du sol.

Le froment rend, année commune, sept pour un ;

L'avoine, douze ;

L'orge, qui est peu cultivée, six ou sept ;

Les vignes, vingt pièces par hectare. Le vin se vend, année commune, trente francs la pièce de deux cent vingt-cinq litres.

Le territoire de Nogent est borné :

Au Nord, par ceux de Fontenay, Rosny et Neuilly-sur-Marne ;

A l'Est, par le territoire de Neuilly et par la Marne qui le sépare de celui de Bry - sur - Marne ;

Au Midi, par cette rivière qui le sépare de celui de Champigny et de Joinville-le-Pont;

A l'Ouest, par celui de cette dernière commune, le bois de Vincennes et le territoire de Fontenay.

La population officielle de Nogent est, d'après le dernier recensement, de 1854 individus.

Elle se divise ainsi qu'il suit :

Bourgeois résidant, employés, formant avec leurs jardiniers et leurs domestiques un total de.	120 fam.	368 p.
Artisans patentés	160	577 p.
Cultivateurs vignerons.	166	528 p.
Journaliers.	113	381 p.
En tout.	559 fam.	1854 p.
A ce nombre officiel il convient d'ajouter les élèves des pensionnats s'élevant à		250 p.
Les bourgeois propriétaires qui n'habitent leurs maisons que l'été, et les locataires de quelques maisons de campagne, formant ensemble environ.		400 p.
Enfin la garnison du fort qui est de .		400 h.
Total général de la population.		2,904 p.

Le nombre des maisons s'élève à 327, parmi lesquelles on compte 88 maisons de campagne ou bourgeoises.

Les impôts payés à l'état, en 1853, sont portés en principal et centimes additionnels à 28,397 fr. 75 c.

Le budget communal comprend une dépense, chaque année, d'environ 10,000 francs.

Les recettes de ce budget proviennent :

1° De la part proportionnelle de la commune dans l'octroi de banlieue, soit . .	1,300 fr.
2° Des droits de voirie.	200
3° De la vente des terrains dans le cimetière.	200
4° Du droit de stationnement des voitures omnibus.	200
5° De quelques autres articles s'élevant ensemble à	1,000
6° Du produit de la prestation. . . .	2,200
7° Du legs de M. Honoré.	1,000
8° Le surplus (produit de centimes additionnels).	3,900
Total égal.	10,000 fr.

Le budget des dépenses du bureau de bienfaisance s'élève à environ 2,200 francs.

Les recettes pour y faire face se composent :

1° Des rentes sur l'État.	1,050 fr
2° Du produit des quêtes. . . .	1,100
3° De recettes diverses.	50
Somme égale. . . .	2,200 fr.

A ce chiffre, il convient d'ajouter 1,200 francs qui sont employés directement, suivant le vœu des dames de charité, soit pour l'habillement, soit pour d'autres objets, et qui proviennent également de quêtes et souscriptions : ce qui porte à 3,400 francs la dépense totale pour l'entretien des pauvres de la commune en 1853. Il faut encore ajouter aux ressources du Bureau de bienfaisance un lit aux incurables-femmes, fondé par M. Cury.

Le budget de la fabrique s'élève en dépense à environ 2,500 francs.

Les recettes se composent de la location des places, du droit sur les services religieux, des quêtes, etc.; elles balancent les dépenses.

Nogent compte en voies de communication:

1° La route impériale n° 34, qui conduit à Strasbourg;

2° La route départementale n° 44, qui traverse le village dans toute sa longueur;

3° 12 chemins vicinaux régulièrement entretenus par la prestation en nature rachetable en argent;

4° 10 chemins communaux ou d'exploitation dont l'entretien est à la charge des riverains;

5° Enfin 63 sentiers reconnus communaux et dont la largeur doit être maintenue à 2 mètres 50 centimètres.

Les propriétés communales, en outre des voies de communication, sont:

1° L'église et la place qui y conduit;

2° Le presbytère et ses dépendances;

3° Le bâtiment contenant la mairie, l'école des garçons, le logement de l'instituteur, le corps de garde et le bureau du percepteur;

4° La place d'armes avec le hangar pour recevoir la pompe à incendie et ses agrès;

5° La salle d'asile avec la maison pour loger la directrice ;

6° Le terrain du cimetière ;

7° La maison de l'école des sœurs pour les jeunes filles du pays, avec ses dépendances, et le grand clos légué par la comtesse de l'Arboust. Ces dernières propriétés ne sont cependant ici portées que pour mémoire ; elles ont été données à la congrégation des sœurs de la Croix, mais à la charge de tenir l'école gratuite ; si cette condition n'était pas remplie, la donation serait nulle.

Il n'y a à Nogent, en 1853, qu'une seule fabrique importante, celle de M. Armet de Lisle, où se produit la majeure partie du sulfate de quinine qui se consomme non seulement en France, mais encore à l'étranger. A côté de cette fabrique, M. Armet en a construit une nouvelle dans laquelle il confectionne, en quantité considérable, du bleu d'outre-mer de la plus belle qualité.

Nogent a encore une fabrique de poterie de terre, mais de peu d'importance.

Une machine à vapeur élève les eaux de la Marne pour les porter au réservoir de Fontenay (1), point culminant du pays, d'où elles se répandent parfaitement clarifiées dans les communes de Montreuil, Vincennes, Fontenay et Nogent.

Cette machine, de la force de 25 chevaux, est

(1) Ce réservoir contient 1,052,500 litres. On le remplit en trente-cinq heures de travail.

située près de la fabrique de M. Armet. L'eau de la Marne est amenée sous les pistons par un canal souterrain dans lequel elle commence à s'épurer en traversant des filtres disposés à cet effet. La machine à vapeur pourrait suffire à une consommation beaucoup plus importante que celle qu'elle dessert aujourd'hui.

La différence de hauteur entre la rivière et le bassin de Fontenay est de 85 mètres.

La distance entre le point de départ des eaux et ce même bassin est d'un peu plus de deux kilomètres.

Les tuyaux qui servent pour la montée des eaux ont 216 millimètres de diamètre intérieur (8 pouces). Ceux pour la descente dans les communes ont seulement 168 millimètres (4 pouces).

Dans chacune des communes, il y a un bureau spécial qui donne de l'eau aux personnes qui viennent en chercher, à raison de 7 c. 1/2 l'hectolitre. En outre de cette distribution, il existe dans les maisons particulières, sur les quatre points de consommation, cinq cents concessions.

Le service des eaux de la Marne doit successivement remplacer l'usage des eaux de puits auparavant utilisées pour presque tous les besoins domestiques. Ces eaux ne sont pas généralement d'une bonne qualité.

En moyenne, la consommation d'eau journalière dans les quatre communes est de 700 hectolitres. Celle d'hiver n'est que la moitié de celle d'été. On voit par là que le réservoir étant rempli suffirait à une consommation de près de quinze jours.

Il existe, sur le territoire, plusieurs carrières qui fournissent en abondance un sable de très-bonne qualité, provenant des atterrissements successifs de la Marne. Au milieu de ce sable on trouve beaucoup de pierres excellentes pour l'emploi du macadam.

La poste aux lettres de Nogent est un bureau principal ; il envoie trois courriers par jour à Bry et Noisy. Trois autres courriers, sans s'arrêter au bureau de Nogent, prennent journellement la direction de Neuilly et de Chelles.

En 1853, l'administration municipale de Nogent se compose d'un maire, de l'adjoint, et de quatorze conseillers municipaux. Elle entretient un secrétaire de mairie, un garde champêtre, un cantonnier et un tambour afficheur.

Le bureau de bienfaisance, présidé par le maire, est composé de cinq membres, parmi lesquels on compte le curé, le médecin du pays et le secrétaire de la mairie.

Le conseil de fabrique, présidé par un membre choisi dans son sein, à l'exclusion du maire et du curé, se compose de cinq membres, parmi lesquels se forme le conseil des marguillers, de trois membres, le curé, un trésorier et un secrétaire.

NOTICE HISTORIQUE

SUR NOGENT

CHAPITRE PREMIER

Origine romaine de Nogent. — Chilpéric y réside. — Visite de Grégoire de Tours. — Souvenirs mérovingiens — Ancien cimetière. — Fondation de la cure. — Construction de l'Église. — Château de Bauté. — Charles V y meurt. — Agnès Sorel. — Hôtel de Plaisance. — Philibert Delorme à Plaisance. — Transmission de ce domaine. — Jardins de Paris-Duverney. — Une visite de Louis XV. — Fief du Perreux. — Construction du château. — Mouvance de Nogent et terres seigneuriales, en 1789. — Détails sur quelques anciennes habitations.

Le village de Nogent-sur-Marne est très-ancien ; ce nom de Nogent, qui lui est commun avec beaucoup d'autres communes de France, indique son origine reculée. Du temps de la conquête des Gaules par les Romains, les vainqueurs traînaient à leur suite des prisonniers, et lorsqu'ils trouvaient un emplacement convenable pour les installer, ils le leur concédaient à des conditions plus ou moins onéreuses : ces malheureux, complétement étrangers au pays qu'on leur donnait, étaient, pour les anciens habitants du voisinage, de nouvelles gens, *novæ gentes*, d'où *Novigentum*, Nogent.

Les anciens rois de France de la première race avaient apprécié la belle situation du pays; ils y possédaient un château de plaisance dont on ignore aujourd'hui l'emplacement; mais les chroniques du temps ne laissent aucun doute sur son existence. Chilpéric l'habitait; en l'an 581, l'illustre historien de cette époque, Grégoire de Tours, vint lui rendre hommage. « J'allai en ce temps, dit-il (1), voir le roi à sa maison de Nogent. Il me montra un grand bassin d'or, orné de pierres précieuses, qu'il avait fait faire et qui pesait cinquante livres, et il me dit : « J'ai fait faire cela « pour honorer la nation des Francs et lui donner « de l'éclat, et si la vie continue à m'accompagner, « je ferai encore beaucoup d'autres choses. » Il me montra aussi des pièces d'or, chacune du poids d'une livre, que lui avait envoyées l'empereur d'Orient (2), et qui portaient d'un côté l'image de l'empereur autour de laquelle était écrit : *Tiberii. Constantini. Perpetui. Augusti.* De l'autre était un char

(1) Grégoire de Tours. — *Histoire des Francs*, liv. vi.

(2) Une ambassade de Chilpéric à l'Empereur Tibère était revenue chargée de magnifiques présents; mais ayant fait naufrage avant d'arriver à Agde, elle n'avait pu en sauver qu'une partie.

à quatre chevaux sur lequel était monté un homme ; on voyait écrits ces mots : *Gloria. Romanorum.* Il me montra aussi beaucoup d'autres choses précieuses apportées par ses envoyés.

« Pendant que j'étais à Nogent, Œgidius, évêque de Reims, vint avec les premiers de la cour de Childebert en ambassade vers le roi Chilpéric. Ils convinrent ensemble de chasser le roi Gontran et de s'unir par une alliance. Ensuite le roi Chilpéric dit : « Mes péchés se sont accumulés et il ne m'est pas « demeuré de fils, ni aucun héritier qui puisse me « survivre, si ce n'est le fils de mon frère Sigebert. « Il héritera donc de ce que je pourrai amasser par « mes travaux, pourvu seulement que tant que je « vivrai, je puisse jouir de tout sans crainte et sans « dispute.» Eux le remercièrent, et ayant signé les traités, retournèrent vers Childebert avec de grands présents. »

Grégoire de Tours raconte ensuite qu'en allant prendre congé du roi qui se disposait à retourner à Paris, il se trouva en présence d'un juif nommé Priscus qui avait un grand crédit à la cour. Une longue controverse religieuse s'éleva entre eux ; mais elle ne produisit, à ce qu'il paraît, aucun effet sur l'esprit de ce dernier. « Nous lui dîmes ces choses, ajoute Grégoire de Tours, sans que ce malheureux pût être touché de la foi. Comme il se taisait, le roi se retourna vers moi et demanda qu'avant son départ je lui donnasse la bénédiction, disant : « Je te

« dirai, ô évêque, ce que Jacob dit à l'ange avec le-
« quel il s'entretenait : *Je ne vous laisserai point aller*
« *que vous ne m'ayez béni.*» Après ces paroles, il ordonna qu'on lui apportât de l'eau, et, s'étant lavé les
mains, il fit sa prière et prit le pain, rendant grâces
à Dieu. Nous le reçûmes, le présentâmes au roi et
après avoir bu le vin, nous nous séparâmes en nous
disant adieu. Le roi monta à cheval au milieu de ses
leudes et de ses gens de service, escortant avec eux
le chariot couvert qui transportait à Paris la reine et
sa fille Rigonthe. »

L'année d'auparavant, les environs de Nogent
avaient été témoins du meurtre de Chlodovig, troisième fils de Chilpéric et d'Audovère, dont notre
grand historien, M. Augustin Thierry, a raconté la
tragique histoire. Devenu odieux à sa belle-mère
Frédégonde, qui l'accusait injustement d'avoir fait
mourir ses propres enfants, ce jeune prince fut gar-
rotté par ordre de la reine et conduit de Chelles sur
l'autre rive de la Marne. Ceux qui le conduisaient
avaient des ordres secrets ; à peine arrivé, il fut
frappé à mort d'un couteau qu'on laissa dans la plaie,
et enterré dans une fosse creusée le long du mur
d'une chapelle dépendant du palais de Noisy. Mais
l'inimitié de la reine n'était pas encore assouvie : elle
commanda qu'on déterrât le corps de sa victime et
qu'on le jetât dans la Marne, pour qu'il fût à jamais
impossible de l'enterrer honorablement. Les restes
de Chlodovig furent poussés, vers le bas de la col-

line de Nogent, dans un filet tendu par un pêcheur du voisinage. Cet homme reconnut le jeune prince à sa longue chevelure. Touché de compassion et de regret, il transporta le corps sur la rive et l'inhuma secrètement. Gontran lui fit faire des obsèques magnifiques à Nogent, après la mort de Frédégonde.

Clovis III et Childebert III habitèrent successivement le château de Nogent. Il existait dans le trésor de l'abbaye de Saint-Denis deux chartes signées par le premier de ces rois et datées de Nogent en mai et juin 692 ; elles conféraient à l'abbaye certains avantages. Une troisième, ayant le même but, fut également datée de Nogent au mois d'avril 695.

La coutume du temps était d'ensevelir les morts dans des cercueils en plâtre. Lorsqu'on fit, il y a quelques années, des travaux pour adoucir la pente de la grande rue du côté du bois de Vincennes, on découvrit l'emplacement d'un ancien cimetière. Les débris des corps humains y étaient renfermés dans ces sortes de cercueils; cette circonstance prouvait encore l'antiquité reculée de Nogent. Les fouilles n'amenèrent aucune autre découverte utile pour l'histoire du pays.

Les moines de l'abbaye de *Saint-Maur* étaient propriétaires d'une partie du territoire de Nogent : ils y fondèrent une cure vers la fin du xiiᵉ siècle, et pour assurer au curé des moyens d'existence, ils lui abandonnèrent le produit des terres qui leur appartenaient.

D'après l'historien Lebeuf, l'église fut bâtie sur un emplacement concédé par un seigneur de Villemonble, et qui faisait partie d'un fief dit *des Moineaux;* ce seigneur de Villemonble avait donné le terrain pour l'église à la charge par le curé de le recommander au prône chaque dimanche et fête.

En observant la disposition du clocher, qui est planté dans la nef de gauche de l'église, disposition assez fâcheuse, puisqu'elle prive de la vue de l'autel les fidèles placés dans la nef du côté de la porte d'entrée, on est porté à présumer que ce clocher, qui est du treizième siècle, tandis que l'église est du quatorzième, appartenait à un édifice antérieur à l'église actuelle qui aura été détruit par une cause quelconque; il est probable que, limité par l'espace, on imagina alors de placer ce clocher dans la nouvelle église. On a peine à concevoir que le sol fut si étroitement mesuré à une époque où tant de terres étaient incultes et où les populations étaient clairsemées. Mais on voit, en l'an 1400, et lorsque l'église était terminée depuis longtemps, un autre seigneur de Villemonble faire donation d'un nouveau terrain autour de ses murs pour les processions, ce qui démontre que les libéralités pour la construction des édifices religieux s'exerçaient quelquefois assez parcimonieusement.

Les premiers corps qui furent inhumés dans l'intérieur de l'église, conformément à l'usage établi à cette époque, paraissent être ceux d'un seigneur de

Plaisance nommé Odon de Saint-Denis et de sa tante; une inscription portant la date de 1358, et qui existait encore avant la Révolution, indiquait ces inhumations.

Charles V, dit le Sage, avait un château dans le parc de Vincennes, appelé le château de Bauté (1) : il était situé sur les hauteurs qui dominent le coude formé par la Marne, lorsque, après avoir passé devant Nogent, elle tourne brusquement pour gagner Saint-Maur. C'est au-dessous de son emplacement que se trouve aujourd'hui l'aqueduc qui déverse dans la Marne les eaux ménagères de Vincennes. Le terrain de ce côté du bois s'appelle encore *le fond de Bauté*; on y voit des traces d'anciens canaux qui servaient sans doute pour l'ornement des jardins; l'île qui l'avoisine, nommée *île de Bauté*, devait être une dépendance de cette propriété royale où le roi Charles V mourut en 1380.

En outre du château de Bauté, Charles VI en possédait un autre sur le territoire de Nogent, désigné sous le nom d'hôtel de Plaisance; on n'en connaît pas l'origine.

Par un édit daté de Plaisance, ce roi exonéra les

(1) Quelques historiens écrivent ordinairement le nom de *Beauté* avec un *e*. Le roi Louis-Philippe, qui possédait une grande érudition en archéologie, ne voulait pas permettre cette orthographe, et, dans plusieurs visites qu'il fit à Nogent, il répétait au maire, en parlant du château de *Bauté* : «Vous savez que ce n'est point *Beauté* par un *e*, mais *Bauté*, qu'on doit écrire.» C'est pour se conformer à l'avis de ce prince éclairé que cette orthographe a été adoptée.

habitants de Nogent de la charge de poursuivre les
loups, sangliers et bêtes fauves dans la forêt de
Bondy et autres du voisinage, moyennant une rede-
vance de trois charretées de foin pour le service du
roi à Vincennes. Après lui, Charles VII virt habiter
l'hôtel de Plaisance; il donna en propriété le château
de Bauté et ses dépendances à Agnès Sorel, qui
prit le nom de *Dame* de Bauté. Ce château fut détruit,
en grande partie, par Louis XI. Il en restait encore
une tour en 1610.

Charles VII avait fait construire à Nogent un jeu
de paume (sur l'emplacement qu'occupe aujourd'hui
la propriété Armet de Lisle). A sa mort, Plaisance
cessa d'appartenir au domaine royal, et passa successivement entre les mains de plusieurs familles.
Rénée de Bourbon, abbesse de Chelles, en fit l'acquisition en 1575, moyennant la somme de 8,300
livres parisis; c'est elle qui fit construire la chapelle
qui forme actuellement une partie de la propriété
numéro 14 de la rue de Plaisance; cette chapelle
avait été bénite par l'évêque de Digne qui se trouvait à Paris lors de sa fondation. Les inhumations
intérieures y avaient été autorisées moyennant un
droit perçu par le curé de Nogent.

Philibert Delorme habitait Plaisance en 1581; il
en est fait mention dans une délibération de la fabrique de l'église de Nogent, conservée aux archives
impériales. Il ne devait point en être propriétaire,
puisqu'à la même époque ce domaine appartenait à

une autre famille que la sienne ; mais il en avait sans doute la jouissance.

En 1661, la veuve de Philippot de Villesavin, contrôleur général des finances et secrétaire des commandements de Marie de Médicis, en fit l'acquisition ; c'est elle qui réunit à ce domaine le fief dit *des Moineaux*, dont il a été question plus haut. Le fameux banquier Deschiens l'acheta, en 1705 ; puis, en 1720, Paris-Duverney, contrôleur général des finances, en devint propriétaire. Il fit construire le beau château de Plaisance qui a été démoli en 1820, et sur l'emplacement duquel ont été formées les diverses propriétés qui bordent la rue de Plaisance. Paris-Duverney, dont la fortune était très-considérable, avait réuni toutes les eaux qui se trouvaient dans les parties élevées de son domaine ; il en avait formé un large ruisseau qui, en serpentant dans les jardins, alimentait une grande pièce d'eau, existant aujourd'hui dans la propriété numéro 4, et, de cette manière, il avait assaini les parties inférieures de ces jardins, qui étaient auparavant très-marécageuses. Ce financier avait le goût de l'horticulture ; ses serres étaient admirables pour l'époque ; il y cultivait des primeurs qu'il envoyait au roi ; aussi Louis XV, très-flatté des attentions du contrôleur général, avait-il témoigné le désir de lui faire une visite ; mais l'étiquette de la cour s'y opposait, Paris-Duverney n'étant point gentilhomme. On prétexta une partie de chasse dans le bois de Vincennes, et ce fut sous le

costume de chasseur que le roi fut reçu par Paris-Duverney. La première fleur de Magnolia qui fleurit en
France fut cueillie dans ses serres et présentée au
roi (1).

Le fief du Perreux, dont l'origine paraît remonter
aussi au douzième siècle, appartenait, en 1530, à
Jeanne Baston, veuve de Jean Behamet, prés dent de la
chambre des requêtes au parlement de Paris. Elle fit
bâtir à cette époque, contre l'église de Nogent, la chapelle dite du Perreux; cette chapelle existe encore aujourd'hui dans l'église; elle fut bénite par l'évêque
de Paris, François de Poncher, et placée sous l'invo-
cation de saint Arnould, et de Martin et Pardon, con-
fesseurs. Le financier Deschiens acheta la terre, sous
le nom de son neveu Saint-Georges, en 1698. Elle
passa ensuite à M. Dubreuil, receveur-général des
finances, et enfin à M. Millin du Perreux, receveur
général, qui fit construire le château actuel, en 1780.

Les domaines de Plaisance et du Perreux, ainsi
que quelques autres terres qui relevaient encore de
la congrégation des moines de l'abbaye de Saint-
Maur, étaient les terres seigneuriales de la commune;

---

(1) La propriété occupée aujourd'hui par le maréchal Vaillant, la
dernière de la Grande-Rue, formait autrefois les communs de l'ancien
château de Plaisance. On y remarque encore des granges et des
hangars magnifiques.

Le potager avait son entrée par la rue des Jardins, au coin de la
ruelle du Petit-Montreuil : il appartient au sieur Saussay, fils d'un
ancien jardinier de Plaisance.

le reste du territoire était subdivisé en fractions très-minimes et appartenait aux petits cultivateurs du pays. Depuis la révolution, les terres seigneuriales ont été succesivement vendues, et, à part quelques parties de celles du Perreux qui forment encore un noyau assez important, le territoire est partagé en une grande quantité de parcelles que les habitants cultivent principalement en légumes et en vignes.

Nogent compte, parmi les hommes illustres qui y ont demeuré, Watteau, ce peintre spirituel, dont l'école de David avait un peu fait oublier les œuvres, et qui a repris une grande faveur; en 1853, des tableaux de ce maître ont été achetés à Paris et à Londres plus de 25,000 francs.

Watteau était l'ami de M. Lefèvre, intendant des menus-plaisirs, qui possédait la maison de la rue Charles VII occupée aujourd'hui par M. Sébastien Archdéacon; il avait été invité à venir s'y établir, et c'est dans cette maison qu'il mourut en 1721, à peine âgé de trente-cinq ans. On rapporte qu'au moment de sa mort, le curé de Nogent lui présentant un crucifix à baiser, le peintre fit un effort, pour le repousser, en disant : «Otez cette image de devant mes yeux, elle est l'œuvre d'un artiste trop malhabile pour représenter le Sauveur (1). » Un monument qui lui avait

(1) Ce curé qui avait assisté le peintre à sa dernière heure, avait une figure très-joviale et fort enluminée; il était devenu son ami intime ; mais Watteau qui avait trouvé dans la physionomie du prêtre un type excellent, s'en était servi pour représenter ses GILLES dans

été élevé à la porte de l'église, avant la révolution, n'a pas trouvé grâce devant le marteau des démolisseurs; il a été brisé comme s'il eût indiqué la sépulture d'un grand seigneur; c'était l'égalité devant la loi.

En 1730, l'abbé de Pomponne avait acheté de M. Secousse, curé de Saint-Eustache, la belle maison dont l'entrée se trouve au milieu de la rue de la Fosse-au-May, et qui aujourd'hui appartient à madame Lafaulotte. Il était devenu, en même temps, propriétaire des maisons des rues Charles VII et Grande-Rue, occupées aujourd'hui par MM. Archdéacon. Son immense fortune lui avait permis de réunir ces trois domaines, et d'exiger sur deux d'entre eux une servitude qui protégeât exclusivement la vue de son habitation principale de la rue de la Fosse-au-May; cette servitude interdisait aux propriétaires des deux autres maisons la faculté d'avoir des arbres qui dépassassent une certaine hauteur et pussent contrarier cette vue.

Le séjour de l'abbé de Pomponne à Nogent est signalé par la création d'une compagnie des chevaliers de l'Arc; le registre des délibérations de cette société porte la date de sa fondation à l'année 1732; il mentionne la réception des chevaliers par l'abbé qui leur fit obtenir tous les avantages possibles.

Le colonel de cavalerie, chevalier de Nogues, pa-

ses tableaux plus ou moins légers sous le rapport des mœurs. Le curé en fut averti; mais trop bon pour se fâcher de cette mauvaise plaisanterie, il n'en resta pas moins l'ami du peintre.

rent du comte de la Blache, arrière-petit-neveu de
Paris-Duverney, étant venu se fixer à Nogent, dans
une maison de la Grande-Rue qui touche l'impasse
portant encore son nom, avait fondé une *rosière*, au
moyen d'une rente annuelle de 669 livres 12 sous.
Une table de marbre qui existe dans l'église rappelle
cette fondation ; mais cette rente, ainsi que beaucoup
d'autres qui appartenaient à la commune, et dont
la plus grande partie lui avait été léguée auparavant
par le curé Carreau, furent saisies révolutionnairement, de sorte que de près de 4,000 francs de rente
que la commune comptait à l'époque de la révolution, tant pour l'entretien de ses pauvres que pour
la fabrique, il n'est plus rien resté ; seulement, en
l'an VIII, il fut accordé, à titre d'indemnité, une
rente cinq pour cent de 225 francs.

CHAPITRE II

Recensement de la population et administration avant 1789. — Écoles. — Le curé Carreau, bienfaiteur de Nogent. — Organisation de la municipalité en 1790. — Nogent pendant la période révolutionnaire.

En 1788, un recensement exact de la commune constate qu'il existait alors cent quatre-vingt-dix-huit feux, et que le nombre des habitants était de huit cent soixante-quinze ; il y avait vingt maisons bourgeoises, et l'impôt foncier payé à l'état s'élevait à 11,083 livres 16 sous. Aujourd'hui les quatre natures des contributions ne produisent pas plus de 15,000 francs en principal, et, dans ce total, le foncier n'entre que pour 8,000. En observant qu'autrefois les biens seigneuriaux étaient exempts de la taille, et que la charge des impôts retombait exclusivement sur les autres propriétés, on serait porté à conclure qu'il y a aujourd'hui un grand allégement pour les contribuables, si d'un autre côté la quantité de centimes additionnels à ajouter au principal dans le département de la Seine n'était pas très-considérable.

Avant 1789, l'administration de la commune ressortait de Saint-Germain-en-Laye ; pour rendre cette administration plus facile, elle avait un délégué qui, en 1789, était le marquis de Méniglaise ; ce délégué résidait à Montreuil-sous-Bois. On appelait alors *syndic* le maire de la commune ; c'était toujours un cultivateur qui remplissait ces fonctions. Lorsque la France fut divisée en départements et que les districts furent formés, Nogent fut compris dans le département de la Seine et dans le district de Bourg-la-Reine, appelé plus tard Bourg-l'Égalité. Ce fut seulement sous le consulat que Sceaux fut choisi pour le chef-lieu de l'arrondissement, en remplacement du *district*.

La cure de Nogent était, avant la révolution, d'une certaine importance ; le presbytère qui se trouvait en face de l'ancien cimetière, et qui, saisi en 1793, a été partagé depuis en plusieurs lots, était assez vaste pour pouvoir loger à la fois le curé et son vicaire. A l'entrée de cet ancien cimetière, et de chaque côté, il existait deux pavillons symétriquement placés, dont l'un servait pour l'école des garçons, l'autre pour celle des filles. Ces deux écoles étaient suivies, car il est rare de rencontrer un cultivateur de ce temps qui ne sache pas lire et écrire. Comme le presbytère, ces deux pavillons furent vendus pendant la révolution; il n'y eut pour ainsi dire plus d'écoles dans le pays jusqu'à l'empire; le manque d'instruction pendant ce laps de temps se reconnaît encore aujourd'hui.

Avec son presbytère en face de l'église, ses deux écoles placées si convenablement, tout était parfaitement disposé. La révolution n'a pas plus épargné, à Nogent qu'ailleurs, les choses utiles.

Les bâtiments pour les écoles avaient été donnés par le curé Carreau, mort en 1737, et qui avait déjà fait des legs considérables aux pauvres et à l'église. Ainsi que nous l'avons dit plus haut, il ne reste plus aujourd'hui du curé Carreau que le souvenir de ses bienfaits et l'inscription de son nom pour désigner une ruelle de la commune dans laquelle il avait son habitation.

En 1788, le gouvernement fit tracer la nouvelle route d'Allemagne passant par Lagny. Auparavant il existait une vieille route dont il reste encore la trace et qui porte le nom d'ancien chemin de Lagny. La nouvelle route fut placée à la gauche de celle-ci, dans la traversée de la commune; elle fut établie avec le plus grand soin. C'est aujourd'hui la route impériale n° 34.

Il paraît que l'entrée du village du côté de Paris n'était pas celle d'aujourd'hui, prolongement naturel de la route impériale dans sa traversée du bois de Vincennes. Il existe au centre de la commune une rue qui porte le nom d'ancienne rue de Paris; c'était sans doute par là qu'on arrivait ; elle tournait brusquement à gauche pour se joindre à cet ancien chemin de Lagny que nous venons de rappeler.

Ce fut en cette même année de 1788, qu'une grêle épouvantable ravagea le territoire de la commune ; le gouvernement vint à son secours et chercha à adoucir, autant que possible, le mal qu'avait causé le fléau.

En 1789, le gouvernement voulant faire le recensement des propriétés communales, demanda aux municipalités de faire connaître l'étendue de ces propriétés et leur valeur. Une délibération de cette époque indique que la commune ne possédait et n'avait jamais possédé de terrains communaux. Le peu d'étendue de son territoire en avait amené une division si multipliée qu'il ne pouvait renfermer ces terrains vagues formant généralement les biens communaux qui constituent aujourd'hui la richesse de beaucoup de communes.

Sous l'administration de M. de Hauteclaire, intendant général de la généralité de Paris, en 1789, la municipalité de Nogent fut organisée suivant le mode adopté alors pour l'administration des communes. Il y avait à Nogent un maire, deux adjoints et douze officiers municipaux ; on leur adjoignit plus tard un procureur de la commune qui était soldé et chargé de la tenue des actes de l'état civil.

Le 11 juillet 1790, on organisa à Nogent la garde nationale ; les officiers furent nommés, et un corps

de garde fut construit sur la place d'armes, en grande
partie avec les libéralités de M. Millin du Perreux;
il subsista jusque en 1838 ; il fut alors détruit pour
faire le bâtiment actuel de l'école et de la mairie.

Le 28 janvier 1791, le curé de la paroisse et son
vicaire furent tenus de se soumettre à la formalité
de la prestation du serment ; le curé était M. de Saint-
Germain ; il n'éleva d'abord aucune objection et
prêta le serment entre les mains de la municipalité.
Plus tard, il se rétracta et il en résulta pour lui les
plus grandes tribulations. Le presbytère fut pillé et
saccagé ; les meubles furent jetés par les fenêtres, et
M. de Saint-Germain obligé de se sauver ; il était
cependant aimé dans le pays ; l'on trouve dans les
registres du temps, une requête signée des notables
habitants redemandant *leur bon curé* et rappelant
le bien qu'il faisait. Mais, en temps de révolution, les
hommes les plus inoffensifs peuvent malheureusement se laisser entraîner aux excès des partis.

Pendant la fatale année de 1793, Nogent ne fut
pas plus épargné que les autres communes de France;
l'esprit révolutionnaire avait fini par gagner quelques-uns de ses habitants qui en entraînaient d'autres. On retrouve dans les registres la trace de toutes
les horreurs et de toutes les misères de l'époque. En
même temps que les têtes s'exaltent, la famine fait
sentir ses plus cruelles atteintes ; les habitants s'em-
parent de voitures chargées de grains et de farine
pour l'approvisionnement de Paris ; le bois de Vin-

cennes, mis au pillage, est partagé déjà, en espérance, par les communes qui l'avoisinent ; il faut la force armée pour rétablir un peu d'ordre, et la gendarmerie qui avait un poste à Bry-sur-Marne, le retire pour le placer à Nogent ; la perception des deniers de l'État est adjugée au rabais, celui qui offre de s'en charger au plus bas prix est nommé percepteur ; qu'on juge de la régularité des écritures d'un pareil comptable ! Le désordre se mettait partout, et il n'y avait pas de localité où il ne se fît sentir. Le bois, les fagots, la chandelle, etc., étaient taxés par décision du conseil municipal ; la sécurité des transactions commerciales était tout à fait méconnue, aussi voit-on que tout manquait à la fois, et que l'on était obligé de prendre le suif chez les bouchers pour faire des chandelles, les épiciers n'en ayant plus dans leurs boutiques. La misère est telle que la municipalité réclame les secours de la Convention ; une somme de 3,000 livres en assignats lui est adressée ; elle peut à peine donner quelques jours de nourriture à la population affamée. En même temps, la grande réquisition se faisait sans peine, et quatorze jeunes gens partaient pour l'armée avec cet élan et ce dévouement si naturels aux français dans les grandes circonstances.

Mais pendant que les volontaires quittaient leurs familles, l'administration du pays se procurait des chevaux pour la cavalerie, au moyen de saisies chez tous les propriétaires riches ; une première recherche n'avait donné aucun résultat à Nogent ; plus tard on fut plus heureux, et plusieurs beaux chevaux enlevés de chez MM. du Perreux, la Blache, etc., fournirent au gouvernement une remonte facile et à bon marché.

La délation était à l'ordre du jour ; un malheureux moine du couvent des Minimes, situé au milieu du bois de Vincennes, avait tenu quelques propos assez inoffensifs ; il est arrêté par des habitants, conduit à Paris, jeté en prison, et n'en sort que pour monter à l'échafaud. D'autres personnes éprouvèrent le même sort ; le fermier général, M. Millin du Perreux, ayant d'abord émigré, avait cru pouvoir rentrer en France, pour embrasser ses enfants et prendre quelques dispositions, dans l'intérêt de sa fortune ; il se tenait caché dans son château, et croyait ainsi échapper à la mort ; malgré le bien qu'il avait fait, il est dénoncé au tribunal révolutionnaire, arrêté par quelques-uns des républicains exaltés de la commune, livré par eux au sanglant tribunal, et, quelques jours après, il monte à l'échafaud, victime de sa trop grande confiance envers des gens auxquels il n'avait fait que du bien. Son château et ses propriétés, confisqués comme biens nationaux, furent rendus à ses enfants, après le 9 thermidor. L'un d'eux servait dans les armées de la république ; malgré ses services, il eut beaucoup de peine à conserver sa part d'héritage ; il lui fallut des protections puissantes pour obtenir cette justice.

En finissant, l'année 1793, déjà si fatale au pays,

devait léguer à celle qui la suivait les mêmes errements de crimes et de misères. L'an II de la République commença à Nogent par l'inauguration du
temple de la Raison dans l'édifice qui, depuis le quatorzième siècle, servait à célébrer les saints mystères.
Les idées de Chaumette germaient dans toutes les
communes et il fallait se soumettre aux folies du
temps. On commença par détruire les bancs seigneuriaux dans l'intérieur de la vieille église. Tout ce qui
servait au culte catholique est saccagé ; on envoie à
la *Monnaie* les vases sacrés pesant quatorze marcs ;
aux hôpitaux, le linge d'autel ; à l'arsenal, par une
profanation indigne, les cercueils en plomb dépo-
sés dans l'intérieur de l'église. Puis, on voulut y célébrer, avec toute la pompe possible, une fête à la
déesse de la Raison. Il avait fallu recueillir des souscriptions pour trouver l'argent nécessaire à cette céré-
monie ; elles ne produisirent qu'une somme au-dessous de cent francs ; la fête dut s'en ressentir. Nous ai-
mons à penser qu'elle excitait peu de sympathie parmi
les habitants de la commune et que leur générosité
était en raison de leurs sentiments.

C'est à la même époque que toutes les croix plantées sur le territoire furent abattues ; celle qui était
placée au-dessus du clocher offrait des difficultés
grandes pour être arrachée. Un nommé Marjoin, ouvrier maçon, se chargea de cette opération moyennant la somme de quarante francs. Il arriva au faîte
de l'édifice, mais, au moment où il touchait à la

croix, il faillit perdre l'équilibre et on le crut mort ; cependant il trouva moyen de se rattraper à une échelle, et reprenant courage il recommença son entreprise et finit par gagner la récompense qui lui était promise.

Il y avait dans le clocher quatre cloches servant à appeler les fidèles au service divin ; elles étaient là depuis un temps immémorial ; elles avaient annoncé au village les jours de deuil et ceux où l'église déploie ses pompes et ses magnificences ; le son des cloches qui nous rappelle les sensations de notre enfance et vient frapper si agréablement nos oreilles, lorsqu'après des années d'absence nous revoyons le pays natal, quel attrait pouvait-il avoir pour des révolutionnaires qui ne songeaient qu'à rompre la chaîne des temps et faire oublier tous les souvenirs? Trois de ces cloches furent enlevées et *offertes à la Patrie* pour servir à la fonte des canons. Elles contribuèrent sans doute, avec le métal de tant d'autres cloches également offertes, à couler cette détestable artillerie fondue à Paris, qui menaçait presque autant le canonnier qui la servait, que l'ennemi sur lequel elle était dirigée.

Un curé constitutionnel avait remplacé M. de Saint-Germain, sitôt après son départ; il se nommait Decaen. Il avait cru, en se soumettant à toutes les exigences du moment, éviter les persécutions attachées à son ministère; mais il ne fut pas plus heureux que son évêque Gobel : à peine installé dans son presbytère, il en fut arraché de vive force et expulsé de la commune, trop heureux encore d'éviter l'échafaud.

Les biens qui appartenaient à Nogent aux personnes dénoncées au tribunal révolutionnaire, ceux de MM. de la Blache, Delvincourt (1), Du Perreux, avaient été confisqués comme propriétés de condamnés. Les récoltes avaient été vendues sur pied; elles avaient produit, d'après les registres des temps, un peu plus de six mille francs. La commune n'eut point part dans ce produit, qui fut versé dans les caisses publiques. Pourtant, les faibles ressources de son budget, épuisées par les achats réitérés que la municipalité s'était vu dans la nécessité de faire afin de pourvoir à la subsistance des habitants pauvres, avaient grand besoin d'être augmentées d'une manière quelconque. On lit dans ces mêmes registres les difficultés du maire pour équilibrer son budget. Tout ce qui appartenait à la commune avait été déposé sur l'autel de la patrie : rentes pour les écoles, pour les pauvres, pour la fabrique, etc. Il n'y avait plus de ressource que dans la bourse des citoyens, et la république l'avait tellement amaigrie qu'il était bien difficile d'en tirer encore quelque chose.

(1) M. Delvincourt, dont il est question ici, était un ancien domestique qui avait épousé la nourrice du prince de Monaco. Elle émigra en même temps que le prince, en laissant deux fils, déjà d'un certain âge, établis chez leur beau-père. Ceux-ci furent dénoncés et exécutés, et le peu de bien qu'ils avaient fut ensuite confisqué. Le sieur Delvincourt échappa à la mort.

Au milieu de tous ces orages, un homme intègre
et d'un caractère conciliant, avait été nommé maire
par ses concitoyens ; il avait cherché dans son administration à être aussi paternel que les temps le permettaient : c'était le sieur Dudoit. Les exaltés du pays
l'accusaient de modérantisme ; ils obtinrent la visite,
à Nogent, d'un obscur représentant du peuple, le
citoyen Crassous (1). Celui-ci se rendit au temple de
la Raison, qui avait été décoré, à cette occasion,
d'une pierre de la Bastille, sur laquelle on avait gravé
les droits de l'homme, et que la Convention avait dai-
gné accorder à Nogent-sur-Marne à cause du civisme
de ses habitants. Crassous avait autour de lui tous
ses affidés ; il commença, dans un discours à la hauteur des circonstances, par témoigner son méconten-
tement de la tiédeur des autorités. Le maire fut menacé de toutes les fureurs révolutionnaires ; il en fut
quitte toutefois pour recevoir sa destitution devant
tous les citoyens assemblés. Ses conseillers municipaux eurent en partie le même sort ; le juge de paix
du canton, M. Breton, fut également destitué, et une
nouvelle municipalité, parfaitement en rapport avec

(1) Le citoyen Crassous avait une femme qui, d'après les mé-
moires du temps, était une de ces furies de la guillotine qui garnis-
saient les tribunes de la salle des jacobins. Lorsque, en l'an III, cette
salle fut fermée par les muscadins, ceux-ci s'emparèrent de la ci-
toyenne Crassous et la fouettèrent publiquement dans la rue ; Crassous s'en plaignit hautement à la Convention ; mais la réaction qui
se faisait sentir alors ne permit pas que sa plainte fût prise en considération.

3

les opinions exaltées du citoyen Crassous, fut installée le même jour.

A la limite de la commune, du côté de Neuilly, il existait un marais assez considérable, dans lequel les habitants de ce dernier village faisaient paître leurs troupeaux. Nogent en revendiqua sa part, ce marais étant un bien seigneurial qui devait être la propriété de tous. C'est à partir de cette époque, déjà si éloignée de nous, que commença l'interminable discussion entre les deux communes au sujet du chemin qui traverse le marais, discussion qui, renouvelée sous tous les régimes, n'a point encore trouvé sa solution définitive en 1853.

Pendant que les têtes et les bras étaient occupés de démonstrations patriotiques et révolutionnaires, on ne s'occupait guère des voies de communication; il paraît que celles de Nogent étaient dans l'état le plus déplorable. Au lieu de se réunir dans un commun effort pour y porter remède, les habitants se contentèrent de demander des secours à la Convention, par l'organe de la nouvelle municipalité si bien choisie par le citoyen Crassous; mais ses efforts furent infructeux, aucune somme ne fut accordée, et les chemins restèrent dans leur mauvais état.

En 1793, un arbre de la liberté avait été planté sur la place d'armes; l'arbre étant mort, en l'an II, on s'occupa de le remplacer. C'est ce même arbre qui aujourd'hui est encore sur la même place. En 1834, un voisin mal avisé, se trouvant gêné par l'une de ses racines pour entrer chez lui, avait eu la funeste pensée de la couper ; l'irritation fut au comble dans le pays, et le maire qui venait d'être installé, eut toutes les peines du monde à calmer cette effervescence. Après 1848, on voulut indiquer d'une manière précise l'époque, glorieuse suivant certaines gens, de la plantation de l'arbre ; on avait placé à son sommet une inscription : « *Liberté*, 1793. » En même temps, on plaçait sur un autre arbre de la liberté, inauguré en 1848, au détriment de la plantation des autres arbres de la place, cette autre inscription : « *Liberté*, 1848. » Il y avait erreur quant à la plantation du vieil arbre, qui était de 1794 : mais cette singulière idée de désigner les deux époques de 93 et de 48 comme des ères de liberté, est un étrange abus des mots qu'on ne peut expliquer que par l'absence du raisonnement chez les auteurs de ces inscriptions. Quelle liberté que celle de 93, pendant laquelle tout citoyen pouvait être conduit à l'échafaud par la délation d'un voisin ! Quelle liberté que celle de 48, quand il fallait tous les jours prendre les armes pour empêcher le désordre et toutes ses suites ! Ils oubliaient les trente ans qui s'étaient écoulés et pendant lesquels tout le monde était libre sans exception ; seulement on l'était à la condition de ne pas nuire à autrui, tandis que la liberté de ces messieurs était celle de tout faire pour opprimer ceux qui ne partageaient pas leurs idées.

La vieille église avait été convertie en *Temple de*

la Raison. Mais déjà Robespierre était devenu le grand régulateur des affaires du pays. Malgré son ardeur révolutionnaire, ses cruautés étudiées, son mépris de l'humanité, il avait pensé que rien n'était plus absurde que les idées de Chaumette ; il voulut attacher à son nom une pensée religieuse, et il ordonna la fête de la reconnaissance de l'Être suprême. Nogent ne resta pas en arrière dans une pareille circonstance ; il eut sa fête ; mais, pour la rendre digne de l'époque, la municipalité sollicita de l'administration supérieure les bustes de l'exécrable Marat et de Lepelletier Saint-Fargeau. Ils vinrent prendre place à côté de la fameuse pierre de la Bastille, et souiller par leur présence l'enceinte de la maison de Dieu.

En l'an III, les agitations politiques continuent dans la commune, et la population toujours malheureuse cherche tous les moyens d'adoucir sa triste situation. Elle demande de nouveau sa part dans des coupes du bois de Vincennes ; on finit par lui accorder un certain nombre de cordes de bois et de fagots à des prix très-réduits. Ses impositions qui avaient été fixées à plus de 17,000 francs, sont fixées à 15,000, cinquième environ du revenu total de la propriété. Mais le grand jour du 9 thermidor était arrivé ; Robespierre, après avoir fait périr tant de monde sur l'échafaud, après avoir envoyé à la mort ses collègues et ses amis, avait fini par être sacrifié à la vindicte publique, sans avoir pu même profiter

des leçons de courage qui lui avaient été données par
un grand nombre de ses victimes. Il était mort avec
les infâmes suppôts de sa tyrannie, et déjà le pays
commençait à respirer. Des actes du gouvernement
venaient successivement adoucir les maux cruels des
années précédentes. On mit le temple de la Raison
à la disposition des personnes qui voulaient y suivre
les cérémonies de leur culte; un prêtre catholique
y célébrait les saints mystères. Le curé Huet était
installé, et s'il existait encore une grande confusion
dans les choses, on pouvait enfin respirer sans trop
d'inquiétudes. On restitua aux enfants de l'infortuné
Millin du Perreux le château de leur père et ses dépendances. Ce ne fut pas sans peine, comme nous
l'avons dit, qu'ils purent y rentrer. Un certain Bri-
cheau avait persuadé à l'administration de la guerre
qu'il avait un secret pour guérir radicalement les
chevaux morveux; on lui avait donné le domaine
national du Perreux pour traiter ceux de l'armée des
environs de Paris. Il se trouvait à merveille chez
l'ancien fermier général, et bien qu'il fût reconnu
que les chevaux qu'il traitait succombaient à la maladie aussi bien que ceux qui ne lui étaient pas con-
fiés, il voulait continuer ses expériences et ne pas
quitter son habitation; il était d'ailleurs zélé républicain; il avait des amis dans le comité de salut
public. Malgré les ordres réitérés qu'il avait reçus
d'évacuer le terrain, il tenait bon, et il fallut l'inter-
vention de la force armée pour le faire sortir.

La société populaire, en l'an IV, s'occupait encore de la propagande des doctrines qui avaient amené la révolution ; elle voulut donner à Nogent une marque de son bon vouloir ; elle lui fit don d'un exemplaire de l'*Émile* de J.-J. Rousseau, pour servir à l'instruction de la jeunesse. Cet ouvrage qui renferme tant d'idées fausses et si souvent incompréhensibles, devait être ainsi le sujet des méditations des élèves des écoles. L'*Émile* fut reçu avec grande pompe par la municipalité, mais il est probable qu'il fut rarement employé, et il ennuyait sans doute ceux qui le lisaient alors, comme ceux qui le lisent aujourd'hui.

L'administration municipale avait, dès l'an III, changé de forme, elle ressortait du chef-lieu de canton à Charenton ; il n'y avait plus de maire, mais un agent municipal ; celui qui avait été désigné était M. Cury, propriétaire de la maison occupée aujourd'hui par l'institution Pontier. M. Cury a laissé un nom des plus honorables à Nogent ; il y a fait du bien, et sa nomination démontre que l'on touchait alors à la fin de cette terreur qui fit tant de mal au pays.

Au reste les fonctions d'un agent municipal étaient à peu près celles d'un maire de Paris aujourd'hui. L'administration proprement dite ne lui appartenait pas ; il était simplement chargé des actes de l'état civil. Cette nouvelle combinaison administrative était détestable : en ne donnant aucune initiative aux com-

munes, on les laissait dans l'abandon : aussi n'avons-
nous rien trouvé dans les registres du temps, et pendant les six années que ce système révolutionnaire a
duré, aucun fait intéressant ne peut être constaté ;
nous voyons seulement que M. Cury, trouvant sans
doute que les fonctions qui lui étaient attribuées
étaient trop insignifiantes, donna sa démission et
qu'il fut remplacé par le sieur Dudoit suspendu
comme maire d'une manière si violente par le citoyen
Crassous : c'était un nouveau triomphe du parti
modéré.

Avant la révolution, il existait à Nogent, un notaire
seigneurial ou tabellion qui instrumentait seulement
sur le territoire. En 1791, cette charge était occupée
par le sieur Coiffier ; celui-ci ayant été appelé à remplir les fonctions de greffier de la justice de paix du
canton de Charenton et le cumul des deux fonctions
étant prohibé, il devait donner sa démission de notaire ; il en conserva cependant le titre jusqu'à l'an VI,
époque à laquelle le sieur Bunel fut appelé pour le
remplacer, mais avec une nouvelle circonscription
pour instrumenter, qui comprend encore aujourd'hui
la commune de Nogent, celles de Bercy, Saint-Maur,
Joinville, Champigny et Bry-sur-Marne.

L'ancien presbytère, qui était devenu domaine national, fut vendu seulement à la même époque au profit de l'État. On a peine à expliquer une pareille alié-
nation au moment où le culte reparaissait sur tous les
points de la République, et lorsqu'un curé était in-

stallé à Nogent et avait repris possession de l'église paroissiale. Cette église avait été restaurée à l'intérieur par la munificence de quelques habitants et en particulier par celle de M. et Mme Armet de Lille, qui avaient pris à leur charge le rétablissement de l'autel et du chœur. Sans doute que quelques réclamations faites à propos par une municipalité éclairée auraient suffi pour arrêter cet acte de vente si malencontreux ; mais l'organisation de l'an III avait ôté toute force aux magistrats municipaux, et la commune fut obligée de payer une indemnité de logement à son desservant qui trouvait difficilement à se placer, tantôt d'un côté, tantôt de l'autre.

En l'an VIII, mourut à Nogent le colonel comte de la Blache, arrière-petit-neveu de Paris-Duverney, propriétaire de Plaisance. Le comte de la Blache fut universellement regretté dans le pays. Poursuivi en 93 comme suspect, il échappa comme par miracle à la mort qui lui était destinée. Rentré en possession de ses biens après la terreur, il s'était de nouveau fixé à Plaisance. Sa fille, mariée au comte d'Haussonville, depuis pair de France, hérita de ce domaine.

En l'an IX, le sieur Parvy, restaurateur à la porte du parc, était maire de la commune ; il préta serment à la Constitution de l'an XIII, ainsi que le conseil municipal.

C'est en l'an X et sous le Consulat, qu'une rente de deux cent vingt-cinq francs sur l'État fut accordée à la commune, comme indemnité de toutes celles qui lui appartenaient avant la révolution et dont le régime révolutionnaire s'était emparé. Ce n'était pas la douzième partie de ces dernières ; mais on y vit un commencement de réparation et ce don fut reçu avec reconnaissance.

CHAPITRE III

Dans les premières années du gouvernement impérial, Nogent était devenu le rendez-vous de personnages plus ou moins importants parmi les hauts fonctionnaires de l'administration de cette époque : le comte Français de Nantes, directeur général des droits réunis, était propriétaire de la maison de campagne située Grande-Rue, n° 16 ; le comte Frochot, préfet de la Seine, avait celle située même rue, n° 8 ter; le comte Fabre de l'Aude, sénateur, occupait celle de M. Archdéacon, rue Charles VII; enfin François de Neufchâteau, ancien ministre, savant agronome et membre de l'Institut, était devenu propriétaire du château du Perreux ; il avait fait de grandes améliorations dans le parc et créé des cultures qui n'ont donné aucun résultat parce qu'elles ont été abandonnées depuis lors ; en même temps le prince de Bénévent, Talleyrand , avait loué le château de Bry-sur-Marne. Le pays possédait donc des hôtes de grande distinction et sa prospérité devait s'en ressentir.

Malgré le séjour de ces hauts personnages à Nogent , les écoles étaient encore fort négligées ; pendant plusieurs années, il n'y en avait pas eu à proprement parler. En 1807 , un sieur Gendry avait bien été appelé comme instituteur dans la commune ; il devait recevoir six cents francs et instruire gratuitement douze élèves (on ne sait pas sur quels fonds étaient pris ces six cents francs, car le budget de la commune porte seulement les dépenses générales, pendant cette année , à huit cents francs). Le sieur Gendry ne resta pas longtemps : en 1808, il fut remplacé par le sieur Muzaton ; celui-ci n'avait d'autre traitement que la rétribution scolaire qu'il recevait des élèves ; on lui avait donné le corps de garde pour faire sa classe, et il recevait dans le même local les garçons et les filles ; leur nombre total était de cent environ ; il devait instruire gratuitement douze élèves : c'était l'indemnité qu'il payait à la commune pour avoir le corps de garde à sa disposition. Le maximum de la rétribution scolaire était d'un franc, il y avait des élèves qui ne payaient que cinquante centimes par mois. Cet état de choses se prolongea jusqu'en 1813 ; à cette époque, on reprit le corps de garde pour le service de la garde nationale qui avait été réorganisée : l'école fut alors transportée dans un local

loué par l'instituteur ; mais elle était réduite à si peu
d'élèves que son produit suffisait à peine pour le faire
vivre. Il en fut ainsi jusqu'en 1818.

L'année précédente, le maire Parvy avait été remplacé par M. Loubet, ancien pharmacien retiré à Nogent, et cette même année, le curé, M. Huet avait,
eu pour successeur M. Leconte.

Le budget de la commune, depuis 1806 jusques
en 1814, ne dépassait pas en recettes et dépenses la
somme de huit cents francs, et la commune payait
au desservant une indemnité de deux cents francs.
Deux autres cents francs étaient prélevés pour les
dépenses de l'administration, dont trente-six seulement étaient pour le secrétaire de la mairie. Il restait
donc à peine quatre cents francs pour faire face à
toutes les autres dépenses. Avec si peu de ressources,
il était impossible d'exécuter les moindres réparations aux rues et aux chemins, laissés dans le plus
fâcheux état ; et quant aux autres besoins que nous
ne pourrions négliger aujourd'hui sans encourir les
reproches les plus graves et les mieux fondés, l'entretien des écoles, le soulagement des pauvres, etc.,
il n'en était nullement question.

Ce fut dans sa maison de campagne de Nogent
que le comte Frochot, préfet de la Seine, reçut, en
1812, l'avis de la conspiration Mallet, par une lettre
portant cette épigraphe : *Fuit imperator*. L'empereur
ne lui pardonna pas d'avoir ignoré ce qui s'était tra-
mé contre son pouvoir : M. Flochot fut destitué et

remplacé par le comte Chabrol de Volvic qui resta dans cette haute position jusqu'en 1830.

A peu près à la même époque, le célèbre navigateur, amiral de Bougainville, qui s'était retiré à Nogent dans la maison de campagne à l'extrémité du village, au coin de la rue du Puits-Bua (1), vendit cette propriété au colonel de hussards, comte Fournier de Sarloveze, frère du général de division de ce nom, dont la réputation de bravoure était si bien établie dans l'armée, mais qui y joignait malheureusement celle d'un duelliste de profession.

Nogent, en 1814, ne fut pas plus épargné que tant d'autres communes de France ; son voisinage de Paris devait nécessairement y attirer les troupes ennemies ; mais il n'y eut point de combat livré sur son territoire, et par conséquent il put éviter les malheurs qui en sont toujours la suite. On avait envoyé, pour défendre la position de Plaisance, un détachement de six cents recrues commandées par un colonel ; à peine la moitié avait-elle des fusils, l'autre était armée de piques. Ces malheureux étaient sans vivres. Le maire et l'adjoint, déjà vieux et infirmes, s'étaient retirés à Paris au premier signal de l'approche de l'ennemi; la population de la commune s'était également sauvée, en emportant tout ce qu'elle pouvait : il ne restait plus que quelques hommes va-

(1) Aujourd'hui, rue de l'Arboust.

lides (1) et le secrétaire de la mairie qui ne pouvait trouver pour nos soldats ce qui manquait dans le pays. Il fallut que le commandant du détachement fit faire des recherches dans les maisons pour y prendre quelques vivres. Au reste, son séjour dans la commune ne fut pas de longue durée ; il fut bientôt attaqué par des forces supérieures et obligé de battre en retraite sur Charenton. Les hommes armés de fusils firent bonne contenance et disputèrent le terrain autant que l'honneur l'exigeait ; ceux qui n'avaient que des piques les abandonnèrent, et depuis

(1) Le juge de paix du canton de Charenton, M. Breton, malgré ses quatre-vingt-un ans, n'avait pas voulu quitter sa campagne, au moment de l'invasion ; sa maison fut bientôt entourée d'une bande de Cosaques qui venaient y chercher des vivres et toute autre chose qui pouvait leur convenir ; après avoir pénétré dans l'intérieur, ils s'emparèrent de toutes les provisions qu'ils purent rencontrer ; M. Breton les voyait ainsi saccager sa propriété, et sa résignation stoïque ne lui permettait pas d'exhaler la moindre plainte ; mais, au moment où l'un des soldats passait devant lui, celui-ci s'arrêta brusquement et se mit à ses genoux ; le vieillard ne comprenait pas d'abord le but de cette action, il ne tarda pas à le connaître ; suivant la mode d'alors, pour les personnes de son âge, il portait des souliers avec des boucles d'argent ; le Cosaque s'en était aperçu, et il se baissait pour les détacher et en faire son profit ; M. Breton avait supporté, sans mot dire, la perte de ses provisions ; l'idée qu'on allait encore le dépouiller de ce qu'il portait sur lui lui fit perdre patience ; oubliant sa position, il repoussa le Cosaque avec colère et le renversa à ses pieds ; mais celui-ci, au lieu de se fâcher, se releva, fit un salut au juge de paix dont l'air vénérable et courroucé tout à la fois lui en imposait sans doute, et le quitta sans rien exiger davantage.

elles servirent à l'armement des gardes-messiers. Après le départ du détachement français, les Cosaques vinrent bivouaquer sur un terrain occupé aujourd'hui par la propriété de M. Doffin, rue de la Croix ; ils y séjournèrent assez longtemps, mais ils observèrent une certaine discipline ; les maisons n'eurent pas trop à souffrir de leur voisinage, et les habitants successivement purent rentrer chez eux. Cependant si les propriétés avaient en général été respectées, il y avait eu des circonstances bien tristes pour quelques habitants : des femmes qui n'avaient pas fui furent violées ; un père qui voulait sauver l'honneur de sa fille fut tué, des maris furent maltraités, pendant que leurs femmes étaient victimes de la brutalité des soldats. Tous ces maux qu'entraîne la guerre se faisaient sentir sur le territoire de notre pays ; c'était un moment bien triste que celui de l'occupation de notre sol par l'ennemi. Il a fallu que les souvenirs de cette triste époque fussent bien profondément gravés dans les cœurs, puisque, malgré tout le bien que fit le gouvernement de la restauration, malgré l'étonnante et rapide prospérité qu'il fit renaître, son retour dans le pays, à la suite de ces malheurs, laissa dans beaucoup d'esprits d'insurmontables préventions.

Au moment de l'approche de l'ennemi, on avait placé les archives de la mairie dans une cave pour les sauver de la destruction ; mais si elles ne furent pas brûlées par les Cosaques, elles furent tout aussi maltraitées : l'humidité de la cave en fit pourrir la plus grande partie, et on perdit ainsi les actes de l'État civil pour beaucoup d'années (1). Ce qui avait été sauvé fut depuis réuni, classé et mis en ordre sous l'administration de M. Breton, en 1827. Ce travail fut complété lorsque la nouvelle salle de la mairie fut disposée pour les recevoir ; aujourd'hui la tenue des archives ne laisse rien à désirer.

(1) En se retirant, les Cosaques avaient abandonné deux pièces de canon; elles restèrent longtemps à la merci des habitants.

CHAPITRE IV

Administration de Nogent sous la Restauration. — Legs de la comtesse de l'Arboust ; acquisition du presbytère et fondation de l'école des sœurs. — Pensionnats d'Herbez et Pontier. — Horloge communale. — Pompe à incendie. — MM. de Gérando, Luce et Breton, maires.

La seconde invasion de la France, en 1815, se fit moins sentir à Nogent que la première : l'ennemi avait pris la route du Nord pour marcher sur Paris, et aucun parti ne se présenta de ce côté. La capitulation prompte de la capitale ne donna pas aux alliés le temps de se répandre dans les campagnes ; les propriétés furent respectées ; mais il n'en résulta pas moins de lourdes charges pour la commune, et, en 1816, les comptes arrêtés pour les fournitures faites aux troupes alliées s'élevèrent à 1,800 francs, qui furent payés en faisant usage de toutes les réserves.

En 1816, le baron de Gérando, membre de l'Institut, conseiller d'État, etc., etc., est nommé maire en remplacement de M. Loubet. Il avait acquis, en 1812, la propriété située à Nogent, Grande-Rue, au

coin de la rue Dagobert. Sous son administration
paternelle, la commune commença à prendre un
certain essor. Il s'occupa, immédiatement après son
entrée en fonctions, de l'école communale; il fit
porter au budget des dépenses, dès que cela fut possible, une somme de 300 francs pour venir en
aide à l'instituteur qui, depuis tant d'années, trouvait à peine de quoi vivre dans ses modestes fonctions : il lui fit suivre à Paris les principes de l'école
mutuelle, et, en 1818, celle du pays était entièrement
organisée d'après ce mode d'enseignement. En même
temps qu'il faisait cet essai pour l'instruction de la
jeunesse, il séparait les deux sexes dans la classe
élémentaire et donnait à une institutrice les jeunes
filles à instruire. Cette institutrice, Mlle de Monsalvy,
avait sur le budget communal un traitement de 250
francs. Son école avait été replacée dans le bâtiment
qui servait à cet usage avant la révolution, à droite
de l'ancien cimetière, et qui avait été loué à cet effet.
Le baron de Gérando avait encore établi un pension-
nat de jeunes personnes, rue du Moulin, sous la direction de Mme d'Herbez, belle-fille de la fameuse
actrice de l'Opéra-Comique, Mme Saint-Aubin, qui,
elle-même, était propriétaire à Nogent, près la porte
du parc (1).

(1) En 1838, Mme Saint-Aubin, déjà plus qu'octogénaire, faillit
être victime d'un assassinat prémédité; elle fut sauvée par la vigi-
lance de ses chiens; mais la frayeur s'empara d'elle et elle quitta
Nogent pour n'y plus revenir.

Il avait aussi pensé que l'établissement d'une foire à Nogent pourrait fournir une ressource pécuniaire, et il avait obtenu qu'elle se tînt annuellement les 5 et 6 septembre ; mais cette foire qui existe encore aujourd'hui (et qui a été remise depuis quelques années au premier dimanche de septembre), a toujours été d'une très-minime importance, et à part quelques ouvrages de vannerie d'assez bonne défaite dans un pays vignoble et quelques ventes de porcs, les transactions y sont à peu près nulles.

Bien que M. de Gérando ne fût plus habitant de Nogent quand il mourut, en 1843, et qu'il eût quitté la commune depuis 1819, il avait conservé un bon souvenir du pays, et en mourant il a laissé aux pauvres une marque de ce souvenir.

En 1817, le vote de centimes additionnels pour faire face aux dépenses obligatoires, indique d'une manière positive la marche d'une administration qui songe réellement aux intérêts du pays ; ils servent d'abord à donner des indemnités à l'instituteur et à l'institutrice ; ensuite, avec la prestation, à rétablir les chaussées des chemins qui, depuis la révolution, avaient été laissés dans l'état le plus déplorable. Sous le régime d'ordre et de liberté qui formait la base du gouvernement d'alors, les améliorations pour le bien-être des masses arrivaient successivement.

Le baron de Gérando, qui comprenait qu'il faut des ressources dans les communes pour faire le bien, avait proposé l'établissement d'un octroi ; mais le conseil municipal ne le voulut pas ; l'établissement d'une pareille source de revenus a toujours été difficile dans un pays de vignobles, et les successeurs de M. de Gérando n'ont pas plus que lui obtenu, sous ce rapport, l'adhésion des conseils municipaux de leur temps.

En 1817, le cadastre régulier du territoire de la commune est terminé ; il était commencé depuis 1812. Il permet de régulariser l'assiette des contributions.

M. le desservant Leconte avait été remplacé par M. de Robe ; il n'avait pas voulu rester plus longtemps à cause du trop mince traitement qu'il recevait ; son successeur fut mieux rétribué, grâces aux bonnes dispositions du maire : il recevait 500 francs, et la comtesse de l'Arboust, qui était propriétaire de la maison de campagne à l'extrémité de la Grande-Rue, du côté gauche, lui donnait un logement gratuit dans sa propriété. Nous retrouvons toujours dans les annales du pays la comtesse de l'Arboust disposée à faire le bien et Nogent conservera longtemps le souvenir de son séjour.

En 1818, le beau château de Plaisance, élevé à grands frais par Paris-Duverney, comme on l'a déjà vu, fut rasé complétement et sur son territoire se sont formées les diverses propriétés qui existent aujourd'hui.

Le baron de Gérando ayant été obligé de quitter

Nogent pour remplir à Paris les différentes missions dont il était chargé, avait vendu sa propriété à M. Pardessus, doyen de la Faculté de droit à Paris, et il avait donné sa démission de maire. Il fut remplacé dans ces fonctions par M. Luce, agent de change, qui possédait la belle maison de la rue de Fosse-au-Mai, construite par le curé de Saint-Eustache. M. Luce était lié avec le peintre Fragonard, si connu par son habileté dans les peintures à fresque. Pendant un été qu'il passa chez son ami, Fragonard exécuta dans son salon une suite de grisailles qui font aujourd'hui l'admiration des connaisseurs.

L'abbé de Robe avait été remplacé par l'abbé Bruna; celui-ci, dès 1820, l'était par l'abbé Vieil, qui resta dans cette position jusqu'en 1832. Il y avait longtemps que l'église n'avait pu conserver son pasteur plus de quelques années.

Une petite pension de garçons avait été établie à la porte du parc; elle était passée en 1827 sous la direction d'un homme laborieux et parfaitement capable, M. André Pontier. Il s'était marié à la fille du greffier du juge de paix de Charenton, qui habitait Nogent. En 1829, ils transportèrent leur petit établissement dans l'ancienne maison de M. Cury, Grande-Rue. La bonne tenue de la pension, les soins dont les élèves étaient entourés, l'instruction qu'ils recevaient, firent bientôt de cet établissement un des plus complets des environs de Paris, et il est parvenu aujourd'hui à un degré de prospérité qui témoigne hautement de la bonne direction qui lui a été donnée.

En 1826, M. Luce étant mort, M. Breton, fils de l'ancien juge de paix (1) du canton de Charenton, qui était propriétaire depuis longtemps dans le pays, fut nommé maire. M. Breton, notaire à Paris, membre du Conseil général de la Seine et député, était l'homme qui devait donner aux affaires de la commune cette impulsion dont elle avait besoin. Travailleur infatigable, profondément versé dans la connaissance des affaires administratives, plein de bonté et charitable au dernier point, on ne pouvait trouver un homme plus digne pour remplir ces fonctions. A peine installé, il s'occupa de rechercher tout ce qui pouvait être utile : un rapport circonstancié, qui est consigné dans le registre des délibérations du conseil, témoigne de tous les soins qu'il prenait pour placer son adminis-

(1) M. Henri Breton, juge de paix du canton de Charenton, avait été appelé à remplir ces fonctions, en 1790, par les suffrages universels de ses concitoyens. Ancien avocat au Parlement, il s'était acquis, dans le barreau, une réputation d'homme intègre et de jurisconsulte consommé. Pendant les vingt-sept ans qu'il fut juge de paix du canton de Charenton, il fit preuve d'un zèle et d'un dévouement que rien ne put abattre, malgré les temps fâcheux qu'il fallut traverser ; aussi la réputation qu'il a laissée après lui est elle si bien établie, qu'on parle encore à Nogent de la manière avec laquelle il savait arrêter et prévenir les procès et de ses jugements parfaitement équitables, dont on ne faisait jamais appel.

tration à la hauteur qu'il se proposait de lui faire
atteindre.

Le cimetière de la commune était en avant de l'é-
glise ; depuis cinq siècles, il avait servi à l'inhu-
mation de toutes les personnes décédées à Nogent.
Sa contenance n'était point en rapport avec la popu-
tion ; il n'y avait plus moyen d'attendre le terme de
dix ans, fixé par les règlements, avant de rouvrir
une fosse pour y placer un nouveau corps. M. Luce
avait demandé qu'une ordonnance du roi supprimât
les inhumations dans ce cimetière ; cette ordonnance avait été rendue avant la nomination de
M. Breton, mais ce fut sous son administration seulement que l'on s'occupa du choix d'un terrain pour
l'emplacement d'un nouveau cimetière ; il obtint
de l'autorité supérieure les fonds nécessaires pour
en faire l'acquisition. Le terrain acheté fut entouré de murs, percé d'allées et disposé conformément à sa destination, presque sans frais pour la
commune, grâce à la sollicitude de son maire.
Les choses utiles et convenables ne se font pas sans
difficultés : il avait été décidé, sous l'administration
de M. Luce, que, jusqu'au moment où un nouveau
cimetière pourrait être utilisé, on transporterait dans
celui de Fontenay les corps des personnes qui vien-
draient à décéder à Nogent Depuis longtemps il
existait une certaine animosité entre les habitants des
deux communes. Or, une jeune fille sourde et muette
étant venue à mourir, le curé, après le service divin.

se proposait de la conduire à Fontenay, ainsi qu'il
en avait été ordonné : au moment où il sortait de l'é-
glise, une foule de femmes furieuses se précipita sur
le cortége funèbre en déclarant que l'enfant ne serait point portée à Fontenay. Les exhortations du curé
furent méconnues ; lui-même fut menacé et sur le
point d'être maltraité ; les femmes s'emparèrent de
la bière, pratiquèrent une fosse dans l'ancien cimetière et l'y déposèrent. Un tel acte de mutinerie ne
pouvait être toléré ; sitôt qu'il fut connu de l'autorité
supérieure, le sous-préfet, M. de la Claverie, se rendit à Nogent avec un détachement de troupes ; le
corps fut exhumé et conduit à Fontenay avec une es-
corte suffisante pour prévenir un nouveau scandale.
Au reste l'affaire de Fontenay était un prétexte. Quelques habitants ne voulaient pas de la suppression de
l'ancien cimetière, malgré les bonnes raisons qu'on
avait pour cela. Il y a dans toutes les circonstances
des esprits malfaisants qui regardent comme mauvais
les ordres donnés par l'autorité ; ils connaissaient
chez les gens du pays cette antipathie pour leurs voisins de Fontenay : ils s'en étaient servis ; ce furent
des femmes qui firent l'émeute, les meneurs avaient
pensé qu'on s'opposerait moins à leurs démonstrations que s'ils mettaient des hommes en avant (1).

(1) La nomination de M. Breton n'eut lieu qu'après l'émeute ; il
était avec le sous-préfet lorsqu'il fut procédé à l'exhumation du
corps, et son influence sur les habitants contribua aussi à calmer les
esprits.

La comtesse de l'Arboust était venue à mourir ; elle avait fait un testament qui démontrait ses bonnes intentions pour la commune qu'elle avait habitée pendant plusieurs années. Elle laissait une somme de 10,000 francs pour acheter un presbytère ; une autre de 30,000 pour fonder à perpétuité une école de sœurs, pour l'instruction des jeunes filles pauvres de Nogent : elle ajoutait à ces 30,000 francs une partie de sa propriéte pour y établir l'école, et un grand clos pour subvenir aux frais de la maison. Elle laissait encore une somme de 22,500 francs pour l'établissement d'une école de frères pour les garçons ; mais si les deux premiers legs furent acceptés avec reconnaissance, il n'en fut pas de même pour ce dernier, qui n'était pas suffisant pour sa destination, puisque la communauté des frères déclarait qu'il lui fallait une somme de 45,000 francs pour fonder l'établissement. On objecta dans le conseil que la commune n'était pas en mesure de fournir le surplus de la dépense. On tenait d'ailleurs à conserver l'instituteur en fonction, qui était en même temps secrétaire de la mairie ; la nécessité de se prononcer rapidement sur l'acceptation du legs amena un refus, et de cette manière la commune ne profita pas de ces 22,500 francs.

M. Breton poursuivit avec son zèle ordinaire l'exécution du testament de Mme de l'Arboust ; il eut beaucoup de peine à trouver une maison pour servir de presbytère avec les ressources mises à sa disposition ; c'est en désespoir de cause qu'il choisit le presbytère actuel qui n'est pas dans les conditions d'isolement convenables à une pareille destination. Il prit une partie du bâtiment, pour y placer les archives de la mairie et tenir les séances du conseil municipal. Cette installation était bien imparfaite, mais enfin c'était un commencement d'organisation.

Quant à ce qui regardait l'école des sœurs, le maire s'était adressé à la congrégation des sœurs de Saint-Vincent de Paul, de ces filles généralement si dévouées à l'éducation de la jeunesse. Mais le noviciat était alors peu fourni d'élèves, les sœurs manquaient aux établissements de Paris ; la supérieure générale déclarait qu'il lui était impossible de fonder une succursale pour le moment. On parla alors des sœurs de la Croix, dites de Saint-André, d'une origine plus récente, et dont la maison-mère est à la Puye, près Chauvigny, dans le diocèse de Poitiers. Le maire s'adressa à la supérieure générale de cette congrégation qui accepta sans condition les dispositions du legs de Mme de l'Arboust ; trois sœurs de la Croix vinrent prendre possession de la petite propriété qui leur était assignée ; elles y fondèrent l'école en 1828, et depuis ce moment toutes les jeunes filles pauvres du pays purent jouir du bienfait de l'instruction primaire, sans qu'il en coûtât une obole à leurs parents, et recevoir en même temps l'éducation religieuse qui leur est si nécessaire. La mémoire de la comtesse de l'Arboust ne doit point périr à Nogent.

En même temps que M. Breton s'occupait des nombreuses affaires que les legs faits à la commune devaient nécessiter, il ne perdait pas de vue d'autres points bien importants ; il obtenait un secours de 6,000 francs environ pour la remise en état du pavage de la Grande-Rue ; il avançait une somme de 4,000 francs pour refaire la chaussée de l'ancienne rue de Paris, qui était dans un très-mauvais état. Malheureusement le *macadam* n'était pas encore usité comme aujourd'hui ; cette réparation se fit avec de gros cailloux, et peu d'années après il fallut recommencer sur de nouveaux frais.

M. Luce, pendant son administration, avait commencé à s'occuper des pauvres ; il avait engagé les principaux propriétaires à donner chaque année une somme de 36 francs pour leur venir en aide et en mourant il avait légué au bureau de bienfaisance une rente de 100 francs. M. Cury, qui était mort à peu près à la même époque, lui avait légué également une rente de 60 francs. De plus, il avait fondé un *lit* aux incurables-femmes, au profit de la commune. M. Breton fit toutes les démarches nécessaires pour régulariser ces legs. Déjà, en 1827, le bureau de bienfaisance organisé s'occupait avec zèle de la distribution de secours ; Mme Breton, secondant l'action de son mari, établissait des quêtes à l'église ; leur produit, réuni aux sommes payées par les principaux propriétaires, donnait chaque année environ 800 francs qui étaient versés entre les mains du percepteur.

Nous avons vu qu'une rente de 225 francs avait été accordée, en l'an VIII, comme indemnité de tout ce qui avait été pris révolutionnairement ; en y ajoutant les 100 francs de M. Luce, les 60 de M. Cury, le bureau de bienfaisance pouvait donc disposer de 385 francs de rente, et avec les sommes versées par Mme Breton, ses ressources s'élevaient à 1,200 francs environ.

C'est encore pendant l'administration de M. Breton que le clocher qui menaçait ruine fut réparé complétement. Il obtint pour cet objet un nouveau secours de près de 5,000 francs. Déjà quelques réparations y avaient été faites, ainsi qu'à l'église, pendant que M. Luce était maire. La cloche qui était restée seule dans le clocher, quand, en 93, on lui eut enlevé ses compagnes pour en faire de mauvais canons, avait été cassée ; on l'avait descendue de la place qu'elle occupait depuis des siècles, et au moyen d'une souscription faite dans toute la population de Nogent, elle avait été fondue et remplacée par deux autres. Mais une horloge manquait encore ; une nouvelle souscription parmi les habitants riches du pays produisit une somme de 1,200 francs, au moyen de laquelle l'horloger Wagner, qui jouissait alors d'une grande réputation, fournit l'horloge qui sert encore aujourd'hui de régulateur à la commune.

C'est à la même époque que l'on songea à avoir une pompe à incendie. Un honorable habitant, M. Pigelet, se mit en tête d'une souscription pour subvenir aux frais de cette acquisition, et, grâce à son zèle, la commune fut pourvue d'une pompe avec tous ses agrès et accessoires, la compagnie d'assurance mutuelle prenant à sa charge la moitié de la dépense.

CHAPITRE V

Nous arrivions à cette année 1830, si fatale à la monarchie de la branche aînée ; et la prospérité cependant se faisait remarquer partout, à Nogent comme ailleurs. On venait de remplacer le vieux bac qui servait de communication entre les deux rives de la Marne, au village de Bry, par un pont élégant en fil de fer. La fabrique de sulfate de quinine fondée au port de Nogent par l'habile chimiste, M. Delondre, était à peine en activité, que l'orage révolutionnaire gronda de nouveau dans notre pays. Depuis quelques années le calme dont on jouissait, l'ordre qui régnait partout, les avantages que l'on recueillait de la paix, devaient fatiguer ces esprits inquiets, si nombreux en France, qui ne vivent avec bonheur qu'au milieu des agitations. La liberté accordée à la presse et à la tribune leur permettait de saper de nouveau les bases de l'antique monarchie. Il pouvait y avoir eu quelques fautes commises par le gouvernement royal; mais que n'avait-il pas fait pour le bien du pays? Il avait conquis pour la France la paix générale; il avait acquitté avec une ponctualité remarquable toutes les dettes des gouvernements antérieurs; son budget se votait chaque année dans un équilibre admirable, et quand il avait fallu montrer à l'Europe que notre patrie tenait toujours son rang comme puissance militaire, la campagne d'Espagne, en 1823, la pacification de la Grèce et la conquête d'Alger étaient là pour revendiquer ses droits. Mais cet esprit fatal de dénigrement n'en poursuivait pas moins sa route. La calomnie se glissait partout, et à une époque où il fallait dissimuler souvent son titre et sa naissance pour obtenir la faveur du prince, on répandait sans cesse le bruit qu'aux nobles exclusivement les places étaient données et que le clergé seul dirigeait les affaires du pays. L'opposition de la Chambre grandissait chaque jour; elle était devenue tracassière et menaçante. Le vieux roi comptait encore sur la puissance de son autorité; il avait oublié trop vite que le prestige de la royauté n'avait pu sauver le malheureux Louis XVI, malgré la longue succession de ses droits. Entouré d'hommes souvent plus royalistes que le roi, Charles X recevait des conseils malhabiles; il crut enfin qu'il devait en finir avec la résistance qu'on lui faisait éprouver. Après avoir remplacé ce ministère Martignac qui n'avait pu, malgré toutes ses concessions, arrêter la marche de l'opposition, par un autre cabinet dont l'esprit était plus en rapport avec celui de ses conseillers intimes, il rendit ces fameuses ordonnances qui déterminèrent la révolution. Aucune mesure n'avait été prise pour les appuyer; il paraissait tout simple que la volonté du roi dût être acceptée facilement par tous. Les journées de Juillet démontrèrent qu'on s'abusait étrangement. La monarchie légitime fut perdue malgré toutes ses ressources pour se défendre, et Charles X, en quittant la France pour toujours, la laissa en proie aux agitations politiques qui menaçaient d'anéantir cette prospérité que son gouvernement avait si merveilleusement développée.

Nogent en eut sa part; son maire était dévoué au gouvernement qui venait de tomber, il donna sa démission : il n'y avait plus pour ainsi dire d'administration. L'adjoint, le sieur Laloutre, fut menacé et obligé de se retirer; des croix qui avaient été plantées furent abattues, et si les masses ne se montrèrent point encore trop hostiles aux personnes riches, il était temps qu'un autre gouvernement s'emparât du pays. Ce sentiment, qui était général dans toute la France, servit la royauté qui fut proclamée le 7 août; la grande majorité des Français accueillit avec plaisir la détermination des Chambres qui donna la couronne à un prince dont tout le monde

connaissait l'habileté et l'instruction. Parmi les adhérents à la nouvelle royauté, beaucoup regrettaient
vivement la chute d'un gouvernement légitime et
régulier ; mais ils faisaient taire leurs sentiments en
songeant au pays et à la nécessité de mettre un terme
à l'anarchie qui menaçait encore de tout dévorer.

Le nouveau gouvernement, issu d'une origine
révolutionnaire, était obligé de lui faire des concessions pour obtenir grâce devant les chefs de parti.
Les lois organiques qui furent votées en 1831 le
prouvèrent d'une manière péremptoire. Le levain
républicain qui s'introduisit dans la loi relative à
l'organisation de la garde nationale et dans celle des
municipalités, souleva plus tard de bien graves embarras à l'administration.

La première application qui fut faite, à Nogent,
de la loi municipale de 1831, fut essentiellement
réactionnaire. Les cultivateurs seuls furent appelés
dans le conseil municipal, et l'autorité supérieure,
qui devait choisir le maire et l'adjoint parmi les
conseillers, eut bien de la peine à trouver deux personnes dont l'instruction fût suffisante. En administration, la bonne volonté, le dévouement, sont,
sans doute, de grandes considérations; mais, on ne
peut se le dissimuler, il faut quelque chose de plus,
et, si l'on veut qu'un pays puisse profiter et grandir
avec le temps, il est nécessaire, avant tout, que
celui qui est placé à la tête de la commune soit entouré
de cette considération personnelle qui permet de faire

le bien. Les relations faciles avec l'autorité supérieure sont, d'ordinaire, réservées aux personnes bien placées dans le monde : cela a toujours été et sera toujours ; il y a donc un avantage réel à présenter des candidats qui se trouvent dans cette catégorie. Si M. Breton put faire tant de bien à la commune, c'est qu'il en avait le moyen par ses hautes relations en même temps que le bon vouloir.

L'organisation de la garde nationale avait lieu, à Nogent, en même temps que l'on procédait à la formation du conseil municipal. L'ordonnance constitutive établissait quatre légions pour la banlieue de Paris; Nogent formait les 3e et 4e compagnies du 3e bataillon de la 4e légion ; il fournissait en même temps une subdivision de sapeurs-pompiers : chaque compagnie était forte de cent dix hommes; la subdivision en comptait trente-cinq. La nomination des officiers, sous-officiers et caporaux, d'après la loi, appartenait aux gardes nationaux. Ceux-ci se montrèrent ici plus sages que dans beaucoup d'autres localités ; ils appelèrent à leur tête des hommes jouissant de la considération générale, et ils eurent encore le bon esprit de les conserver pendant tout le temps qu'ils furent organisés d'après la loi. Les élections se renouvelaient tous les trois ans; leur fréquence enlevait des électeurs à chaque convocation, et, lorsqu'on arrivait au choix des sous-officiers et caporaux, il ne restait plus guère pour voter que les candidats qui se nommaient ainsi eux-mêmes. Au reste, la garde nationale de Nogent

se fit toujours remarquer par son bon esprit, elle fournit
son contingent lorsqu'elle fut appelée à Paris pour la
répression des émeutes en 1832 et 1834, et, quoi-
qu'elle fût commandée par des officiers improvisés, sa
tenue et son organisation militaire étaient aussi bonnes qu'on pouvait l'espérer de soldats citoyens, qui,
presque tous, n'avaient jamais quitté leurs foyers;
c'est chose digne de remarque que le peu de goût
pour l'état militaire de la population des environs de
Paris, et c'est probablement à cette cause qu'il faut
attribuer ce fait assez singulier que, pendant toutes
les guerres de la république et de l'empire, aucun
Nogentais n'est parvenu au grade d'officier. En
1831, M. Dupin aîné devint propriétaire à Nogent :
il avait acquis de M. Pardessus l'ancienne propriété de M. de Gérando. Ainsi elle fut successivement habitée par trois jurisconsultes des plus
célèbres. La haute position que M. Dupin occupait dans l'administration du pays lui permettait
d'obtenir facilement ce qu'il pouvait demander dans
l'intérêt de la commune. Jusqu'au moment de son
arrivée, la partie de la Grande-Rue qui se trouve
comprise entre la place d'armes et l'extrémité du
village du côté de Bry, était pavée en pierres
dites *caillasses* ; M. Dupin obtint un secours de
10,000 francs pour le convertissement de ce détestable pavage en pavé carré; il en obtint un autre de
7,000 pour le pavage de la petite rue Dagobert
qui longeait sa propriété. Si ces deux améliora-

tions profitaient au président de la Chambre des députés, elles étaient éminemment utiles à la commune, et elle sait lui en conserver de la reconnaissance.

En 1832, Nogent ne fut pas épargné par le choléra. Malgré son heureuse situation et le bon air qu'on y respire, vingt-six personnes furent atteintes par le fléau : dix-sept succombèrent. L'administration municipale fit tout ce qui dépendait d'elle pour soulager les cholériques indigents ; le médecin du pays, le docteur Lequesne, montra, dans cette grave circonstance, tout ce qu'on pouvait attendre de son dévouement.

En cette année 1832, l'ancien curé Viel, déjà très-fatigué des émotions que la révolution de 1830 lui avait causées, avait demandé sa retraite ; il fut remplacé par un vicaire de Saint-Eustache, l'abbé Terrière.

Jusques en 1834, il n'y avait pas de voitures publiques pour Nogent ; les voyageurs qui désiraient s'y rendre étaient obligés de se servir de ces détestables voitures dites *coucous*, que l'on trouvait à la Bastille ; elles les rançonnaient impitoyablement, et très-souvent elles manquaient encore au service ; il en résultait une grande gêne pour les communications. Cette année, le sieur Besançon songea à établir des voitures-omnibus partant à heures fixes ; cette amélioration fut grandement appréciée, et si dans les premiers temps de l'établissement on n'avait pas obtenu tout ce qu'on pouvait désirer, c'était un progrès qui faisait pressentir ce qu'il était permis d'en attendre.

Les élections municipales pour le renouvellement de la moitié du conseil devaient avoir lieu en 1834. Cette fois les électeurs, mieux inspirés qu'en 1831, avaient cru qu'il était indispensable pour le bien de la commune de faire entrer dans sa composition des hommes capables de comprendre les affaires et de les bien diriger. Ils avaient apprécié les efforts de l'administration de 1831 pour faire le bien, mais ils avaient reconnu promptement que cela ne suffisait pas, et que la bonne volonté n'était pas la seule chose à considérer dans les choix. Aussi les six conseillers sortants, tous cultivateurs, furent remplacés par six personnes appartenant à la classe bourgeoise. En tête se trouvaient le marquis de Perreuse, ancien officier de la garde royale, et M. Dupin, président de la Chambre des députés. L'autorité supérieure choisit le premier pour remplir les fonctions de maire. C'était un petit coup d'État; son titre, ses services militaires, devaient en faire le point de mire des exaltés libéraux de l'époque; l'esprit de parti ne comprend pas facilement qu'un homme d'honneur, quand il accepte des fonctions sous un gouvernement, ne connaît que ses devoirs et ne transige jamais avec eux; c'est au reste ce que la généralité des habitants de Nogent accepta comme vérité au bout de très-peu de temps, et le nouveau maire en eut constamment la preuve par les suffrages presque unanimes qui lui

furent comptés à toutes les élections, et par les té-
moignages sympathiques qui lui furent toujours ac-
cordés. Alors on aurait pu croire qu'à Nogent était
suspendue cette haine stupide que les révolutionnaires
ont toujours cherché à exciter entre les diverses classes de la société, en faisant oublier que nous sommes
tous de la même famille, et destinés à nous seconder mutuellement dans l'intérêt du pays.

Le nouveau maire n'avait point d'antécédents administratifs, il était obligé de faire son apprentissage;
mais ancien élève de l'École polytechnique, et officier dans l'arme de l'artillerie, il avait pris de bonne
heure le goût de l'ordre et du travail. Il chercha d'a-
bord à se bien pénétrer de ce qu'avaient fait ses pré-
décesseurs, MM. de Gérando et Breton; il les prit
pour modèles, et tâcha de les suivre dans leur manière d'administrer. La révolution de 1830 avait
laissé des traces dans la commune; les revenus des
pauvres étaient diminués de plus de moitié; personne n'avait pensé à faire des donations ou à aider
l'administration d'une manière quelconque. C'est
seulement dans les temps où l'on jouit du calme et
du repos, que l'on songe à donner aux communes;
ce n'est pas quand on est inquiet pour ce qu'on pos-
sède, que l'on fait des dispositions pour les autres :
il suffit de jeter un regard sur les registres du conseil
pour en être convaincu. Toutefois, sous l'administration précédente, l'on s'était occupé d'augmenter
les ressources financières du budget, en fixant un prix

pour les concessions perpétuelles et temporaires, dans le cimetière, celles-ci à raison de 25 francs le mètre, les premières à raison de 100 francs, plus le quart en sus pour le bureau de bienfaisance. Le budget de 1835 comptait déjà cette ressource qui devait plus tard être assez abondante.

En s'occupant de régler ce qui avait rapport au budget de 1836, le maire avait proposé d'établir à Nogent un garde-champêtre qui remplît en même temps les fonctions de sergent de ville; cette utile institution avait été supprimée dans la commune depuis quelques années, et l'autorité administrative restait ainsi sans agent intermédiaire pour exercer une surveillance indispensable. Après quelques discussions, le conseil adopta la proposition du maire et vota les fonds nécessaires pour 1836. Une souscription volontaire fournit, pour 1835, à la dépense de l'entretien du garde-champêtre et à son habillement. Le conseil fut moins facile pour continuer au curé de la commune une indemnité de 100 francs qui, depuis nombre d'années, était la seule charge qu'il imposait au budget; elle fut supprimée malgré les instances du maire, qui voyait avec peine cette marque d'hostilité contre le ministre de la religion.

L'année 1835 fut d'une sécheresse remarquable; près des deux tiers des puits de la commune tarirent; la majeure partie des habitants étaient, ainsi que ceux de Fontenay, obligés d'aller chercher à la Marne l'eau nécessaire à leurs besoins. Alors une compagnie se présenta pour établir au port de Nogent la machine à vapeur qui élève aujourd'hui l'eau de la rivière pour la porter dans le réservoir de Fontenay, point le plus culminant de la contrée, d'où elle est conduite à Montreuil, Vincennes, Fontenay et Nogent. C'était une idée des plus utiles ; le maire se mit à la tête des souscripteurs qui faisaient les fonds nécessaires pour l'entreprise, et l'aida autant que possible. Mais si elle donna le grand résultat de procurer l'eau nécessaire et de bonne qualité dans les communes, elle fut conduite par des hommes plus disposés à faire leurs affaires que celles des actionnaires ; au bout de peu de temps de la mise en activité de l'exploitation, la compagnie fit faillite ; les actionnaires perdirent tout l'argent qu'ils avaient donné ; toutefois les travaux étaient exécutés ; une autre compagnie plus honnête que la première devait en profiter, et rien aujourd'hui ne peut s'opposer à la distribution d'une eau abondante et salutaire.

Les chemins vicinaux n'étaient point réparés ; aucun fonds n'était porté au budget pour leur entretien, et les prestations en nature que l'on pouvait obtenir n'étaient réglées par rien : la loi de 1835 remédia à ce mal. Elle a été vivement critiquée, probablement parce qu'elle exige un dévouement assez complet de la part des fonctionnaires chargés de son exécution, car on ne peut prendre au sérieux l'objection faite en 1848 de l'assimilation de cette loi aux corvées de l'ancien régime. Quoi qu'il en soit, la loi fut appliquée à Nogent toujours avec succès, et les chemins vicinaux réparés sont aujourd'hui dans un très-bon état. Les prestataires ont parfaitement compris le but et l'utilité de la loi. Ils ont répondu au commandement qui leur était fait avec zèle, et si, dans les premiers moments, il a fallu agir avec quelque sévérité pour obtenir une certaine régularité dans le service, le mouvement est imprimé maintenant ; il se fait sans peine et sans réclamation.

Le ministre de l'instruction publique et des cultes, M. Barthe, avait loué, pendant cette même année 1835, le château du Perreux : il s'y établit avec sa famille, et des relations de bon voisinage avec le maire avaient promptement commencé. M. Barthe était d'ailleurs un homme excellent et dont la conversation pleine de charmes était toujours recherchée. Le maire crut devoir faire servir ces relations de société au profit de son administration, pensant que des rapports personnels plus ou moins intimes avec des fonctionnaires d'un ordre supérieur ne pouvaient nuire au succès des demandes légales que la commune pourrait avoir à faire au gouvernement. Il appliqua pour la première fois ce principe auprès de M. Barthe. Le chœur de l'église était dépourvu de stalles : il demanda pour cet objet un secours au ministre, qui accorda 500 fr. Le surplus de la dépense fut couvert par un don de la reine et quelques ressources de la fabrique.

On a vu que le roi Charles VII avait un jeu de

paume sur l'emplacement de la maison Armet. La rue qui conduisait à cette propriété, et qui restait dans un état de viabilité digne du temps du jeu de paume du roi, méritait d'occuper l'attention de l'autorité. Au moyen d'une légère concession qui débarrassait sa propriété de l'obligation de recevoir dans un puisard de sa cour les eaux ménagères de la rue, Mme Armet fit les fonds nécessaires pour le pavage régulier de la rue et de la ruelle de la fontaine ; ce travail, qui ne coûta ainsi presque rien à la commune, fut d'un grand avantage pour les habitants de la rue.

Les ressources financières du budget des pauvres s'étaient fort amoindries depuis 1830, comme on l'a vu, et en même temps les besoins avaient grandi ; le maire voulut que cette partie si essentielle d'une bonne administration (le soulagement des pauvres) ne fût pas écarté ; de concert avec Mme de Perreuse, qui avait compris cette œuvre si méritoire, il fut convenu qu'ils feraient ensemble une quête à domicile pour cet objet, chez les principaux habitants du pays ; ceux-ci répondirent généreusement à l'appel qui leur était fait, et par suite, le bureau de bienfaisance, largement doté, fut à même de pourvoir aux besoins des pauvres, tandis que des réserves augmentaient les rentes sur l'État et permettaient de vêtir les plus nécessiteux, en payant encore les mois d'école pour les enfants dont les parents se trouvaient dans l'impossibilité de le faire.

A l'époque de l'invasion du choléra en 1832, on s'était fort occupé de projets d'assainissement pour les communes. Jusqu'à ce moment, Vincennes n'avait, pour la décharge de ses eaux ménagères, qu'une espèce de mare infecte, creusée dans le parc. Des miasmes s'en exhalaient, tellement putrides que, dans certains temps, l'on était obligé de tenir fermées toutes les fenêtres qui donnaient de ce côté. Le gouvernement voulut arriver à la suppression d'un pareil foyer d'infection, et fit construire un aqueduc souterrain qui conduit toutes ces eaux dans la Marne. C'était un beau travail qui fut terminé en 1834. On demanda d'en faire profiter la commune pour la partie de ses eaux ménagères qui descendent du côté de la porte du parc, et qui, souvent stagnantes en cet endroit, étaient aussi une cause d'infection. En 1836, les ponts et chaussées firent construire un caniveau à ciel ouvert, qui, en réunissant toutes les eaux de la porte du parc, les déversait dans l'aqueduc de Vincennes, au grand avantage des habitants.

Le numérotage des maisons et l'indication des rues n'avaient point été faits depuis longtemps; il était urgent de procéder à ce travail. En 1836, le maire proposa au conseil de s'en occuper en se servant de lettres et de chiffres dorés sur des plaques en tôle vernie. Le conseil approuva cette proposition, et le numérotage des maisons et l'inscription du nom des rues datent de cette époque. On profita de cette circonstance pour rétablir les noms tels qu'ils étaient à l'origine, et supprimer ceux que la révolution avait modifiés ou changés.

Depuis quelques années l'école communale des garçons avait été établie dans une maison particulière de la Grande-Rue. Le local était tout à fait hors de proportion avec le nombre des élèves; de plus, il était mal aéré et fort obscur. A peine installé dans ses fonctions, le maire avait songé à bâtir une école plus convenable, en ajoutant au bâtiment nécessaire des pièces suffisantes pour y placer la mairie, etc. Plusieurs projets avaient été présentés; pour éviter la dépense, on proposait d'utiliser la partie de l'ancien cimetière, dont le sol était propriété communale, pour y fonder le bâtiment. On était au moment d'exécuter ce projet, lorsque quelques bons citoyens, et notamment l'adjoint Ancelet Alexandre et le sieur Laloutre, ancien adjoint, vinrent proposer de faire l'acquisition d'une vieille maison occupée par un boucher, près la place d'armes. L'emplacement de cette maison avec celui de l'ancien corps de garde, donnait un terrain d'une étendue suffisante pour la construction nouvelle; la position était centrale; enfin on évitait de resserrer l'espace dans l'ancien cimetière pour arriver à l'église. Ces avantages étaient réels, seulement il fallait trouver 12,000 francs pour l'acquisition de la propriété. Des arrangements furent pris en conséquence; elle fut enfin achetée en 1837; sa démolition et celle du corps de garde eurent lieu immédiatement après, et l'on s'occupa ensuite de la construction nouvelle, sous la direction de l'architecte de l'arrondissement, M. Molinos. La dépense pour ce travail s'éleva à 20.000 francs environ ; le gouvernement accorda cette somme en plusieurs secours ; la commune n'eut à payer que l'acquisition du terrain de 12,000 francs. Malheureusement on voulut mettre beaucoup trop d'économie dans les travaux du bâtiment ; malgré l'avis de l'architecte , quelques conseillers municipaux tenaient à ce qu'on utilisât les vieux matériaux de la démolition : il en est résulté que le bâtiment nouveau a toujours péché par le défaut de solidité , et que , malgré de grosses réparations exécutées depuis , cet édifice communal n'aura jamais la résistance qu'il devrait avoir. En matière de construction de bâtiments publics qui sont destinés à durer longtemps, toute économie est mauvaise quand elle doit amener une moindre solidité dans l'édifice. Le bâtiment d'école et de mairie fut terminé pendant l'hiver 1838 : il contient, en même temps que ces deux établissements importants, le logement de l'instituteur et un corps de garde dans lequel on a pratiqué , en 1850 , un bureau commode pour le percepteur. On a réservé, dans les combles, de très-beaux emplacements qui pourront servir plus tard à loger le garde-champêtre, le tambour communal, etc. L'inauguration de la nouvelle école a eu lieu au mois de juin 1838. Elle est disposée pour contenir cent élèves :

son ameublement, qui a coûté 1,800 francs, a été payé au moyen de secours obtenus tant du ministère de l'instruction publique que du département. La compagnie d'assurance mutuelle contre l'incendie pour les départements de Seine-et-Oise et de la Seine (Paris excepté), était entrée pour la moitié de la dépense de la pompe à incendie, comme on l'a vu plus haut; elle offrait d'assurer les bâtiments communaux en réduisant à moitié sa prime ordinaire d'assurance; on lui donna la préférence pour celle du nouveau bâtiment : plus tard on ajouta le presbytère et l'asile, moyennant un total de 50,000 francs pour la valeur des trois bâtiments; avec la prime de 20 centimes par 100 francs, c'est une légère dépense de 10 francs par an qui sert à donner la sécurité nécessaire aux intérêts communaux. La première assurance est de 1839.

En 1837, le savant professeur et si habile praticien, le docteur Sanson, devint propriétaire d'une maison de campagne à Nogent, rue Charles VII, au coin de la rue Agnès-Sorrel. C'était une providence pour le pays que la venue de cet excellent homme; il recevait chez lui tous les malheureux indistinctement, qui venaient lui demander des conseils. Mais cette vie si précieuse fut beaucoup trop courte; il y avait à peine quatre ans qu'il était à Nogent, que sa santé, ruinée par les fatigues, détermina chez lui une crise qui l'enleva à ses nombreux amis. Il aimait avec passion sa campagne; il y faide grandes améliorations. Cette perte fut vivement sentie dans le pays.

Les chaussées des rues de Plaisance et Paris-Duverney, bordées par d'importantes maisons de campagne, étaient dans le plus triste état. Pour les rétablir, les propriétaires avaient fait entre eux une souscription qui s'était élevée à 4,000 francs ; le maire avait obtenu un secours de 10,000 francs. La dépense totale s'élevait à 16,000 francs ; ainsi, avec 2,000 francs la commune pouvait mettre en état parfait de viabilité ces importantes voies de communications ; malheureusement il existait alors un préjugé fatal contre le *macadam* qui devait être employé pour ce travail. Une réunion nombreuse de cultivateurs à laquelle plusieurs membres du conseil municipal n'étaient point étrangers, vint protester contre ce système ; en même temps elle faisait connaître que si son vœu n'était point écouté, aucun cultivateur ne céderait que par contrainte le terrain nécessaire à l'élargissement des rues, tandis qu'il l'abandonnait gratuitement si on voulait rétablir les chaussées d'après l'ancien système du pavage en caillasses ou gros cailloux. Le maire présidait le conseil au moment de cette espèce d'émeute ; il voulait lever la séance en demandant l'ajournement des travaux, ce qui pouvait entraîner le retrait du secours. Le conseil demanda que la réclamation fût acceptée ; l'architecte lui-même finit par y consentir : il fallut céder et supporter ensuite, jusqu'en 1852, un pavage détestable, malgré des travaux multipliés qui eurent lieu successivement. C'est ainsi qu'une malheureuse routine beaucoup trop familière aux gens de la campagne contre ce qui est nouveau, a occasionné une dépense en pure perte, qui ne peut être évaluée à moins de 5,000 francs. Cette faute grave qui fut commise pour le rétablissement des chaussées des chemins de Plaisance, ne fut pas la seule du même genre ; presque en même temps, on refit celle de l'ancien chemin de Paris d'après le même système, ainsi que celle de la rue de la Croix-d'en-Haut ; plus tard il fallut se remettre à l'œuvre et recommencer un nouveau travail qui entraîna de nouvelles dépenses qu'on eût facilement évitées si les intentions du maire avaient été suivies.

La fondation d'une salle d'asile avait été la pensée constante du maire depuis qu'il était entré en fonctions ; il connaissait les heureux résultats de cette admirable institution due au philanthrope Cochin ; mais ce bienfait était ignoré à Nogent, et il était difficile de faire comprendre tous les avantages que la commune devait en retirer. Il fallait un essai pour démontrer l'utilité d'une salle d'asile. Le maire proposa au conseil de prendre à location une pièce assez vaste, mais du reste peu commode, qui était à louer, d'y placer des enfants mis en sevrage chez une dame Cardon, et de donner à celle-ci le titre de directrice de la salle d'asile, avec un traitement annuel de 50 francs. Le conseil finit par adopter la proposition du maire ; il se mit de suite en mesure d'organiser tant bien que mal ce commencement d'asile pour l'enfance. Dès que les parents virent que les enfants étaient bien tenus et surveillés, ils les y envoyèrent successivement; la salle en contenait à peine vingt à son début; à la fin de l'année elle en avait plus de quarante, et déjà ses résultats étaient appréciés; l'essai avait produit ses fruits, et lorsque plus tard il fut question de créer un établissement plus convenable, les objections contre son utilité ne furent plus aussi vives; l'on put ainsi construire, en 1845, l'asile actuel avec ses dépendances, au moyen d'un secours de 10,000 francs, et de 6,000 francs fournis par la commune. Aujourd'hui l'établissement contient plus de quatre-vingts enfants dirigés avec une bonté tout à fait maternelle par la directrice, Mme Durieu. Ses jeunes élèves acquièrent de bonne heure des principes d'honnêteté et de convenance; ils apprennent les premiers éléments de l'enseignement primaire; et quand à six ans ils vont dans les autres écoles, ils s'y présentent déjà habitués à l'ordre et au travail, et leur condition s'en ressent d'une manière remarquable. C'est maintenant chose acquise dans la commune que la nécessité de la salle d'asile; on est bien loin déjà de 1839, mais, comme en tout, il avait fallu une expérience.

En 1840, un projet d'assainissement pour les eaux ménagères de la commune, du côté de Bry, fut présenté et mis bientôt après à exécution; toutes les eaux de cette nature qui descendent de ce côté et qui sont fort abondantes, n'avaient point d'écoulement régulier dans la Marne ; elles séjournaient dans les terres qui se trouvaient de ce côté et y formaient une mare infecte, dont les exhalaisons se répandaient dans tout le pays ; de plus elles privaient souvent de la culture plusieurs arpents de terre susceptibles de produire de bonnes récoltes. L'ingénieur ordinaire de l'arrondissement, M. Cavalié, présenta un devis pour établir un caniveau destiné à recevoir toutes ces eaux et les conduire à la Marne ; il se montait à la somme de 3,000 francs. Un secours de 2,700 francs fut accordé pour l'exécution du travail, qui fut terminé en 1844 ; le surplus fut fourni par la commune.

En 1840 et 1841, de grands travaux furent successivement entrepris sur le territoire de Nogent ; le chemin de grande communication du rond-point de Plaisance à Rosny fut ouvert et terminé, ainsi que celui du rond-point de Bauté à Joinville-le-Pont. Cette dernière voie de communication était de la plus grande importance pour la commune, puisqu'elle évitait le passage par Vincennes aux voitures chargées. En même temps on changeait la direction d'une partie de la route départementale n° 44, dans la traversée du village ; pour éviter la côte rapide de la rue Charles VII, on la prolongeait jusqu'à l'extrémité de la Grande-Rue, et en lui donnant immédiatement après une sinuosité convenable, on adoucissait la pente de manière à ce qu'elle ne dépassât pas trois centimètres par mètre. Ce dernier travail si éminemment utile, puisqu'il laisse à la charge du département l'entretien du pavage de la principale rue du pays, ne fut pas accepté sans difficulté, et une vive opposition mal fondée en tous points s'était manifestée ; il fallut du temps pour faire comprendre tous les avantages d'un pareil tracé. Le maire profita de la nécessité où l'on se trouvait d'avoir des terres nécessaires au remblai de cette nouvelle route, pour déblayer l'ancien cimetière et pratiquer une entrée plus convenable pour l'église ; mais ce ne fut qu'en 1853 que ce travail fut complété.

La loi de 1840 sur les fortifications de Paris avait décidé qu'un fort serait établi sur les hauteurs qui dominent la route impériale 34, et près du fortin déjà construit en 1831 pour défendre sur ce point les abords de Paris. L'emplacement choisi pour le fort était à la fois situé sur les deux communes de Fontenay et de Nogent ; il comprenait vingt-huit hectares ; Nogent n'entrait guère que pour le cinquième de cette contenance ; cependant le fort prit le nom de fort de Nogent, attendu qu'il était la suite du fortin de 1831, dont le périmètre était presque tout entier sur Nogent. Cet avantage de nom contesté par la commune de Fontenay, fut définitivement consacré par ordonnance du roi.

La première chose à faire, après avoir délimité le terrain du fort, était d'ouvrir cette route stratégique devant relier ensemble tous ceux à construire. C'était par cette voie qu'on devait faire arriver les approvi-

sionnements et matériaux. Les ingénieurs se mirent
immédiatement à l'œuvre, et dès le mois de mars
1841, la route était ouverte au public ; en même
temps un camp en barraques, pouvant contenir un
régiment d'infanterie, était établi à gauche de cette
route en partant de Nogent, sur le point culminant
et en face du terrain sur lequel le fort devait être
construit. Cette situation était admirable ; elle fut vi-
sitée par un grand nombre de curieux, pendant tout
le temps de l'occupation par le 5e léger qui vint en
prendre possession. Ce régiment commença immédiatement les travaux du fort qui durèrent trois ans.
Cette construction, qui coûta environ quatre millions,
a été conduite, comme toutes celles qui furent exécutées à cette époque, avec une habileté et une promp-
titude sans égales. Les bâtiments du fort consistent
en deux pavillons séparés, l'un pour les officiers,
l'autre pour la troupe ; celui-ci peut recevoir faci-
cilement mille hommes ; il est ordinairement occupé
par un bataillon. Des casemates règnent dans tout
le pourtour intérieur des fortifications ; elles servirent en 1848 à loger une quantité d'insurgés pris
les armes à la main.

En 1842, le célèbre inventeur du diorama et du
daguerréotype, le peintre Daguerre, terminait
l'œuvre si remarquable qu'il a léguée à l'église de
Bry-sur-Marne. Cet artiste avait voulu payer ainsi sa
bienvenue dans ce village. Secondé puissamment
par les libéralités de Mlle de Rigny, propriétaire du

château de Bry, il avait imaginé de remplacer par un diorama de la plus magnifique composition, le tableau du maître-autel. Ce diorama représente une église gothique avec ses tombeaux de chevaliers, ses bannières, etc. Lorsqu'on ouvre les rideaux placés derrière le maître-autel, l'église de Bry n'est plus, pour ainsi dire, que le vestibule de la grande et superbe église gothique que présente le tableau. La perspective en est admirable, l'illusion complète. On voit la plus belle cathédrale que la chrétienté puisse offrir aux regards des fidèles. Daguerre, qui était aussi bon que simple et modeste, est mort à Bry en 1850. L'année précédente, il avait voulu exécuter en relief une autre espèce de diorama dans le grand parc de Bry : c'était la perspective d'un vieux château fort en ruines avec tous ses détails ; à un certain point de vue, l'artiste avait obtenu le plus brillant succès. Malheureusement les arbres plantés pour former le paysage ont grandi, et l'illusion a beaucoup perdu. Les œuvres de Daguerre ont amené bien des visiteurs à Bry, dont le territoire n'est séparé de celui de Nogent que par la Marne. Cependant son diorama n'est pas assez connu : c'est son chef-d'œuvre et il aurait dû attirer un plus grand nombre d'amateurs. La mort du peintre Daguerre arrivée si inopinément, a privé Nogent d'une œuvre de cet éminent artiste, qui aurait excité au plus haut dégré l'admiration. Il avait étudié un Calvaire pour la chapelle du Perreux, dans l'Église paroissiale.

C'était un cadeau qu'il voulait faire, disait-il, à ses bons voisins. Il avait établi déjà le devis de la dépense pour ce Calvaire, et il devait s'occuper de son exécution en 1851.

Le presbytère, acquis avec les 10,000 francs légués par la comtesse de l'Arboust, était dans un état déplorable ; il menaçait ruine, et il y avait urgence de s'occuper de réparations majeures. Le département vint encore au secours de la commune : une somme de 8,300 francs fut accordée ; la dépense était de 8,800 francs, la caisse municipale n'eut à payer que 500 francs. A la fin de 1843, le curé reprenait possession de son presbytère qu'il avait été obligé d'abandonner pendant les réparations.

Dans cette année 1843, on s'occupa de l'établissement du trottoir qui borde la Grande-Rue, depuis la porte du parc jusqu'à la rue de la Croix. Ce travail, si essentiel pour les piétons, coûta 4,000 francs ; les habitants en fournirent 700 par une souscription volontaire, la commune en donna 500, le département fit le surplus.

En même temps un secours de 2,300 francs était donné pour la réfection du pavage de la rue Dagobert, qui était dans un mauvais état, cette rue étant alors très-fréquentée, et les voitures pesamment chargées la prenant de préférence à l'ancienne route départementale 44, dont la pente était extrêmement rapide.

La commune contient un grand nombre de ruelles

dont le pavage, entièrement négligé jusqu'en 1843, avait besoin d'être refait. L'ancienne rue de Paris était aussi dans un fâcheux état de viabilité, dans la partie comprise entre la porte du cimetière et la route impériale. 3,750 francs, pris sur les ressources budgétaires, furent employés, pendant cette année, à la réparation de ces chaussées. Les ruelles des Hautes-Marnes, du Jeu-d'Arc, des Ouches, du Petit-Montreuil, etc., furent comprises dans le travail; leurs pentes furent déterminées régulièrement, et, pour la première fois, on put faire usage de la méthode *Mac Adam* pour la chaussée de l'ancienne rue de Paris. Le préjugé était vaincu.

La comtesse de l'Arboust, en léguant à la commune les fonds nécessaires à l'établissement d'une école de sœurs, comme on l'a vu, avait donné une dépendance de sa propriété pour faire cet établissement. Cette dépendance qui, dans les premiers temps, pouvait être suffisante, était devenue beaucoup trop resserrée en raison du nombre d'enfants qui suivaient l'école. Un projet avait été arrêté pour augmenter les bâtiments. On devait profiter d'une indemnité de 1,800 francs accordée à la congrégation pour la traversée d'un clos également légué par Mme de l'Arboust, ainsi que d'une autre somme de 1,500 francs donnée par le ministre de l'instruction publique, pour faire les dépenses nécessaires à cette construction. Ce projet éveilla les inquiétudes du général comte de Dampierre, qui était devenu propriétaire de la maison de la comtesse ; il proposa de faire l'acquisition de l'établissement des sœurs, tel qu'il était, et de donner en échange une maison beaucoup plus convenable. Le général, suivant les traces de Mme de l'Arboust, était d'ailleurs disposé à faire un acte de générosité pour les enfants pauvres de Nogent, en même temps qu'il se débarrassait d'un voisinage incommode. Avec de telles dispositions, on devait être bientôt d'accord. Une assez belle maison, dont le propriétaire venait de mourir, et qui était située presque vis-à-vis de l'église, fut achetée ; elle coûta au général 24,000 francs ; mais il put en céder quelques parties, et la dépense fut ainsi réduite à un peu plus de 20,000 francs. L'échange entre les deux propriétés fut autorisé, après avoir rempli toutes les formalités d'usage. Il fallait ensuite songer à l'appropriation de la nouvelle demeure des sœurs : deux grandes classes furent construites ; toutes les réparations nécessaires furent terminées en 1844. Elles coûtèrent 12,000 francs ; 3,500 francs étaient disponibles ; quelques nouveaux secours furent encore obtenus ; la location d'une partie du clos pour dix-huit années fournit une somme de 3,000 francs ; la congrégation paya le surplus. Les sœurs prirent possession de la maison le 28 septembre 1844. L'abbé Tory, supérieur général de la communauté, était venu présider à cette installation qui eut lieu après une messe d'action de grâces à l'église et la bénédiction d'usage. L'école, telle qu'elle est établie, ne laisse rien à désirer, et le nom du général Dampierre, qui, par ses libéralités, a permis de fonder un pareil établissement, doit se trouver aujourd'hui à côté de celui de Mme de l'Arboust.

On a vu plus haut qu'une rente de 225 francs cinq pour cent avait été donnée comme indemnité de celles saisies en 93 ; M. Luce avait légué 100 francs ; M. Cury, 50 francs ; M. Breton, en quittant la commune, avait donné 50 francs ; diverses sommes laissées par MM. du Perreux, le baron de Gérando, Mme Armet, Mlle Gobert, et réunies aux économies faites par le bureau de bienfaisance, avaient permis de faire un achat de 400 francs.

A la fin de 1844, le bureau possédait 825 francs de rente. Plus tard, des rentes furent encore achetées avec le produit d'un legs de 5,000 francs, fait par M. Dubois ; et avant la réduction de la rente cinq pour cent, le montant des rentes s'élevait à près de 1,200 francs.

Les quêtes annuelles produisaient un peu plus de 2,000 francs ; ainsi, près de 3,000 francs étaient alors employés à l'entretien des pauvres (1).

La construction de la salle d'asile, terminée en 1845, avait permis de s'occuper de la place d'armes qui, jusqu'à ce moment, avait été négligée. Après qu'on eut disposé d'un emplacement pour y établir

(1) Indépendamment de ces ressources, le bureau disposait encore d'un lit aux incurables-femmes, fondé par M. Cury, en 1826.

un hangar, à l'effet d'y loger la pompe à incendie avec ses agrès, qui, auparavant, était très-mal installée dans un bûcher du presbytère, cette place fut nivelée, plantée, garnie d'un trottoir, et aujourd'hui elle procure l'avantage d'une promenade commode pour les enfants, et sans aucun danger pour eux. Les sommes nécessaires pour cet objet, en y comprenant le hangar, s'élevèrent à plus de 2,000 francs : les excédants du budget suffirent à couvrir ces dépenses.

C'est en 1845 que, pour la première fois, on reconnut à Nogent la maladie sur les pommes de terre ; ce précieux tubercule, si apprécié par le riche comme par le pauvre, avait toujours été d'une qualité remarquable dans la commune, dont le sol est généralement sablonneux ; il y était cultivé par la grande majorité des petits propriétaires ; en cette année 1845, plus du tiers de la récolte fut perdu, et depuis il a fallu toujours compter un assez grand déficit dans les produits, dont la qualité a sensiblement baissé.

Le vieil orgue de l'église, qui n'avait point été utilisé depuis nombre d'années, était tout à fait hors de service. Une souscription ouverte parmi les fidèles avait permis de songer à son remplacement; mais on se confia à un musicien habile qui habitait le pays ; celui-ci fit faire l'acquisition d'un mauvais instrument qu'il eut soin de faire essayer par l'organiste Miné, qui savait tirer parti des plus médiocres.

Cet orgue revint à près de 2,000 francs, en y comprenant la valeur de l'ancien orgue. Au bout de quelque temps, on reconnut qu'il n'y avait pas possibilité de s'en servir. En 1845, on le changea donc contre un harmonium Debain ; l'orgue fut repris seulement pour 300 francs, la fabrique fut obligée d'en donner 300 autres.

Dans cette même année, un violent ouragan souleva le tablier du pont suspendu de Bry qui fut entraîné dans la rivière ; il fallut le rétablir entièrement ; on remplaça les poteaux en fonte qui supportaient les chaînes par des massifs en pierre ; aujourd'hui la solidité de ce pont paraît assurée.

Pendant l'année 1846, l'administration municipale continua l'amélioration des chaussées des rues. L'ancienne rue de Paris fut macadamisée dans presque toute sa longueur ; la rue Carreau, celle d'Agnès-Sorrel et plusieurs autres ruelles furent mises en état de bonne viabilité. Enfin on commença le grand travail du convertissement en macadam de toute la chaussée de la rue des Jardins avec des ruisseaux en pavés carrés ; cette opération, qui ne fut terminée qu'en 1847, rendit cette rue, dans tout son parcours, une des meilleures de la commune : il avait d'abord été accordé un secours de 2,000 francs pour cet objet ; les riverains en fournirent près de 400 ; le surplus de 3,000 francs fut payé successivement par les ressources du budget.

Le recensement de la population, qui a lieu tous

les cinq ans, se fit cette année avec la plus grande
régularité ; il constata que Nogent contenait cinq cent
dix familles, formant une population de dix-neuf cent
quatre-vingt-seize individus résidants. Un peu plus
du quart de cette population appartient à la classe
des cultivateurs ; un autre quart à celle des artisans
et journaliers. L'autre moitié comprend les bourgeois,
leurs domestiques et jardiniers, et les élèves des pen-
sions qui étaient alors comptés dans la population.
En outre de ce nombre, Nogent comptait encore les
propriétaires ou locataires passant seulement l'été
dans soixante maisons de campagne. Cette population s'élevait à plus de trois cents personnes.

Le sieur Muzaton ayant donné sa démission des
fonctions d'instituteur qu'il exerçait depuis 1808,
fut remplacé le 1er janvier 1847 par le sieur Jean-
roy, professeur à l'institution de M. Pontier. L'école
cessa alors d'être dirigée d'après les principes de la
méthode mutuelle ; la méthode simultanée y fut
substituée.

La disette de 1847 se fit sentir à Nogent, comme
dans les autres parties du royaume ; le pain se
vendit jusqu'à soixante-trois centimes le kilogram-
me, pendant le mois de mars. Beaucoup de familles
souffraient de la cherté excessive de cet indispensable aliment ; les personnes qui avaient quelque
fortune leur vinrent en aide. Déjà l'année précédente, une souscription générale faite en faveur
des victimes de la Loire, avait produit 1,200

francs. Une nouvelle souscription en produisit plus de 2,000 ; elle permit de donner du pain à plus de quatre-vingt-dix familles , en dehors du bureau de bienfaisance , et pour occuper les bras inactifs et leur donner des ressources pour vivre, de grands travaux furent exécutés dans les rues et sur les chemins vicinaux. Une troisième journée de prestation fut votée en conséquence, et toutes les ressources du budget furent employées.

Par arrêté de la préfecture, douze chemins vicinaux avaient été classés. Les autres chemins devaient l'être successivement, et soixante-trois sentiers, reconnus indispensables pour l'exploitation des terres, avaient été également admis comme propriétés communales par l'autorité supérieure, après les formalités de l'enquête. Le maire avait obtenu du conseil municipal l'autorisation nécessaire pour faire dresser un plan général du territoire ; ce plan qui contient avec leur nom toutes les voies de communication, a été déposé, en 1847, dans la salle des séances du conseil municipal où il sert journellement aux recherches pour lesquelles il peut être consulté.

CHAPITRE VI

Révolution de 1848 ; désordres à Nogent. — M. Pommeret nommé
maire par le gouvernement provisoire; difficultés de son administration. — Travaux exécutés par les ateliers nationaux et successivement par les ouvriers du pays. — M. de Perreuse re
nommé maire à la fin de 1848. — Agrandissement de l'église.

La monarchie de Juillet touchait au terme de son
existence. Elle avait donné au pays dix-huit années
de prospérité, maintenu la paix avec l'Europe, et la
France lui devait quelques souvenirs de gloire qui ne
s'effaceront pas, la prise d'Anvers, l'occupation d'An-
cône, l'achèvement de la conquête de l'Algérie. Le
roi Louis-Philippe, entouré de princes dont chacun
aurait justement fait l'orgueil d'une famille, n'avait
jamais gouverné que suivant la loi. Il se vantait de
ne s'être point écarté des termes du contrat qui l'a-
vait appelé au trône. On avait dit à la tribune : « La
légalité nous tue. » Cette maxime trouva contre lui
son application. Au reste, l'origine révolutionnaire

7

de son avénement au trône l'avait mis dans une position fausse qui avait gêné les allures de son gouvernement. Un parti nombreux et riche ne lui pardonnait pas cette origine ; il lui faisait une guerre sourde qui augmentait dans le peuple le nombre de ses ennemis.

D'un autre côté, le parti radical, toujours prêt à conspirer contre un gouvernement qui donne l'ordre et la tranquillité, avait organisé ses sociétés secrètes pour paraître dans la rue sitôt que l'occasion se présenterait : elle devait bientôt arriver. La presse et la tribune, profitant de la liberté complète qui leur était donnée, avaient mis en avant le cri de réforme parlementaire. Sous le prétexte futile de corruption dans les élections, on avait cherché à persuader aux masses que les Chambres étaient vénales et que la probité était écartée des actes du gouvernement. Ce thème prêtait aux discours ; les banquets réformistes furent inventés, et des orateurs puissants par la parole dans les Chambres, mais sans portée gouvernementale, s'unirent aux agitateurs méchants et perfides, pour présider à ces manifestations. Des émissaires parcouraient les villes et les campagnes pour recruter des volontaires aux banquets réformistes. Nogent fournit son contingent au banquet du Château-Rouge et à plusieurs autres. Il est toujours si agréable pour des Français d'entendre de belles paroles qui répètent sur tous les tons que la France est mal gouvernée et qu'il faut un changement ! Il est bien difficile de ne pas se rendre à une pareille séduction. D'ailleurs, il existe des hommes ambitieux, mécontents de n'être point aux premiers rangs, et d'autres qui, par suite d'inconduite et du désordre de leurs affaires, attendent d'un changement quelques chances heureuses qui les tirent d'embarras. Au reste, jusqu'au banquet du douzième arrondissement, les adhérents de la commune avaient été peu nombreux ; mais pour le succès de ce dernier, les efforts redoublèrent, et plus de cinquante citoyens, la plupart dans les rangs de la garde nationale, étaient enrôlés. Bien peu connaissaient la portée d'un tel acte ; on leur avait dit qu'il s'agissait d'obtenir du roi le changement d'un ministère qui depuis trop longtemps pesait sur la France et empêchait *les hommes populaires* de prendre les portefeuilles pour le bonheur du pays. Ce ministère était composé d'hommes chez lesquels le libéralisme avait été la passion dominante : ils n'osaient prendre aucune mesure pour mettre fin aux agitations du pays ; ils craignaient de ne pas rester dans la légalité en supprimant les banquets : de son côté, le roi ne pouvait croire qu'un désir de réforme pût amener une révolution ; il avait vu, en Angleterre et en Amérique, ces meetings si nombreux qui s'organisent sans que la tranquillité du pays en soit compromise. Il oubliait notre caractère national qui s'exalte si facilement par des paroles et finit par les traduire en actes coupables. On parlementa donc avec l'agitation : c'était augmenter sa force. Pendant qu'une partie des hommes placés à la tête du mouvement paraissaient se calmer à la voix de la raison, les radicaux exaltés disposaient leur monde pour le combat. Ils comptaient à peine quinze cents hommes, armés régulièrement, dans leur section ; mais ils avaient de l'audace et comptaient sur la désaffection de la garde nationale, auprès de laquelle on avait agi par tous les moyens possibles.

Le moment de l'action était arrivé ; la poignée de sectaires qui se présentaient d'abord était si peu considérable qu'elle ne donnait aucune inquiétude. La garnison de Paris, forte d'une trentaine de mille hommes, composée de régiments bien commandés, avec des officiers dévoués, paraissait plus que suffisante pour réprimer le désordre ; mais, comme dans toutes les circonstances pareilles, un grand nombre de curieux se joignait aux émeutiers, et l'on hésitait à faire usage des armes contre des rassemblements qui n'étaient pas complétement hostiles. D'ailleurs la garde nationale, qui avait été mise sous les armes, se plaçait souvent entre la troupe et les rassemblements, de manière à protéger ceux-ci sans avoir l'air de partager leurs sentiments. Durant trois jours, les soldats furent constamment sur pied, et leur présence, au lieu d'être efficace, ne servait qu'à encourager l'insurrection. Car, si la répression n'est pas prompte, l'émeute suppose qu'elle peut être victorieuse, et elle grandit toujours. Si le soldat, avec ses armes et sa discipline, vaut à lui seul un grand nombre d'adversaires moins bien organisés, il est certainement plus faible que chacun d'eux, lorsqu'on ne lui laisse pas faire usage de ses moyens de défense : son courage s'abat et tout est perdu.

La monarchie de Juillet que la garde nationale avait pour ainsi dire élevée sur le pavois, ne la trouvait plus disposée à sa défense : l'incertitude des mouvements de plusieurs légions, qui n'était point ignorée du roi, lui donnait les plus cruelles perplexités ; il avait cependant auprès de lui cet illustre maréchal, ce père Bugeaud, comme disaient les soldats, qui pouvait regagner le terrain perdu et donner au gouvernement une victoire définitive. Déjà il avait reçu l'ordre de prendre le commandement de l'armée et de dissiper les rassemblements : la victoire eût été assurée avec un pareil chef. Mais les Tuileries étaient assiégées alors par de perfides conseillers ; ceux-ci, pleins de confiance en eux-mêmes, persuadèrent au roi que c'était l'impopularité de son ministère qui faisait toute l'insurrection ; que, s'il était changé, il n'y aurait plus à Paris de traces d'émeute. Le roi crut devoir céder, il composa un nouveau ministère choisi parmi les hommes qu'on lui désignait pour être les amis du peuple. A sa tête il avait placé cet orateur qui, quelques jours avant, avait obtenu une magnifique ovation, à la suite de laquelle la rue qu'il habitait avait pris le nom de rue du Père du peuple. Le premier soin de ce ministère fut d'arrêter le mouvement des troupes pour un retour offensif, et de remplacer le maréchal Bugeaud dans son commandement. Il crut ensuite qu'en faisant une promenade dans Paris et en se montrant aux masses, il obtiendrait la fin du désordre. La présomption de ces nouveaux ministres ne fut pas de longue durée ; l'accueil qu'ils reçurent ne leur laissa aucun doute sur le peu d'effet qu'ils produisaient. Ils rentrèrent aux Tuileries ayant perdu tout espoir de réussite. Ils proposèrent alors l'abdication : le roi céda. Il n'avait plus cette énergie qui convient aux grandes circonstances ; il ne sut pas monter à cheval et se mettre à la tête de l'armée qui voulait le défendre. Mais bientôt l'insurrection non comprimée gagnait déjà les portes du palais : on ne voulait pas se battre, il fallut fuir. La famille royale partit avec une précipitation qui produisit sur tous ceux qui étaient présents le plus déplorable effet. Le souvenir de la mort de l'infortuné Louis XVI portait le trouble dans l'âme de Louis-Philippe ; il se voyait déjà entre les mains d'une Convention qui saurait lui trouver des crimes à punir, et il voulait éviter une pareille fin. Le désordre était partout ; la Chambre des députés était envahie, et la duchesse d'Orléans qui avait voulu y conduire son fils sous la protection du duc de Nemours, avait été aussi forcée de fuir avec précipitation pour éviter une mort certaine. Quel triste moment que celui-là pour Paris et pour la France !

Le gouvernement provisoire qui s'était formé pour diriger les affaires du pays, était composé d'hommes

qui ne pouvaient donner aucune confiance; ils n'é-
taient connus que par leur exaltation révolutionnaire; l'ordre pouvait-il renaître avec de tels éléments dans l'administration gouvernementale ? On
voyait reparaître l'infâme bonnet rouge de 1793; on
parlait de remplacer le drapeau national par le drapeau rouge, guidon de l'émeute, et si l'un des membres du gouvernement sut résister, en déployant dans
cette circonstance tant de talent et de courage, on
ne pouvait cependant se défendre de bien grandes
inquiétudes en voyant revenir les errements de la
première révolution.

Dès qu'il lui fut possible de quitter Paris où il
avait été retenu pendant tout le temps des événements, le maire se rendit à Nogent pour connaître par lui-même l'effet de la révolution sur le
pays. Il trouva à la mairie le conseil municipal qui
l'accueillit avec la même bienveillance qu'auparavant; mais un rassemblement assez nombreux était
déjà sur la place, et il pouvait juger par des inter-
pellations qui lui étaient adressées, du résultat, chez
certains hommes, de l'acte qui venait de s'accom-
plir. Dans ce moment on réunissait la garde nationale pour aller à Paris passer la revue du général
improvisé que le nouveau gouvernement venait de
mettre à sa tête; le maire avait pensé qu'il était de
son devoir de ne pas déserter le poste auquel il avait
été appelé par la confiance de ses concitoyens; il se
rendit à la revue, et, en passant devant les rangs, il

put s'assurer qu'il n'avait pas encore tout à fait perdu la confiance des gardes nationaux. Mais pendant qu'il donnait cette preuve de dévouement à son pays, quelques personnes avaient été demander son changement à la mairie de Paris. Les antécédents du maire ne permettaient pas de différer son remplacement; un habitant de la commune dont les opinions étaient plus en rapport avec celles de la mairie de Paris, fut désigné pour remplir ces fonctions, et il prit immédiatement la direction des affaires. Au reste, si ses opinions étaient bien différentes de celles de son prédécesseur, il avait comme lui l'amour de l'ordre, et il fit tout ce qu'il put pour le maintenir dans le pays. C'était difficile; toutes les mauvaises passions étaient surexcitées; le socialisme avait déjà pénétré dans quelques familles; l'esprit de convoitise du bien d'autrui s'était emparé de certaines gens, et il fallait peu de chose pour faire surgir la plus complète anarchie. L'administration du nouveau maire fut pénible dans les premiers temps. Tantôt c'était une émeute de blanchisseuses qui demandaient une augmentation de salaire avec une diminution dans les heures de travail. Tantôt c'étaient des bûcherons improvisés qui voulaient travailler pour leur propre compte dans le bois de Vincennes. On avait mis dans le fort un bataillon de gardes mobiles ; ces braves s'emparaient dans les champs de ce qui était à leur convenance, et ils voulaient qu'on prît en considération

leur patriotisme pour les autoriser à le faire. Mais
ce qui causa le plus d'inquiétudes dans le pays, ce
fut sans contredit l'irruption des travailleurs nationaux que, dans sa sollicitude, le gouvernement provisoire avait envoyés planter des pommes de terre
dans le bois de Vincennes, sur le terrain de Ca-
nonville (depuis, du camp de Saint-Maur). Environ
quatre à cinq mille de ces citoyens se rendaient chaque jour, soit en voiture, soit à pied, sur cet emplacement : après avoir répondu à l'appel et reçu leur solde
de deux francs, ils se répandaient dans toutes les communes du voisinage, pénétraient dans les jardins en
prenant tout ce qui était à leur convenance, et l'on était
trop heureux quand ils voulaient bien se contenter
des fleurs qui s'y trouvaient. A la vérité, si les habitants paisibles étaient effrayés de la présence de ces
régiments de nouvelle espèce, ceux-ci firent cependant
un grand bien dans le pays en vidant les caves des
vignerons, encombrées par le vin de 1847, le plus
détestable qu'on récolta jamais à Nogent. Le gosier
peu délicat des travailleurs nationaux s'y était
promptement accoutumé, et le bas prix de la
marchandise excitait d'ailleurs à la consommation.

Sitôt que l'ancien maire avait été informé de son
remplacement, il avait écrit à son successeur pour lui
faire connaître que, sans arrière-pensée, il se mettait
tout entier à sa disposition pour l'aider autant qu'il
dépendait de lui dans la lourde tâche qui lui était

imposée. Il en avait reçu une réponse qui le replaçait dans des relations faciles avec lui, et pendant le temps que dura cette administration, il chercha toujours à lui rendre tous les services que comportait son habitude des affaires.

Les ouvriers manquaient d'ouvrage. Les propriétaires de la commune appartiennent presque tous à l'industrie et au commerce; s'ils ont pu, par leur travail, acquérir de la fortune, cette fortune est bientôt compromise dans les crises révolutionnaires. Après 1848, la plupart de ces propriétaires n'avaient plus de revenu : embarrassés dans leurs affaires, vivant difficilement sur le capital, ils ne pouvaient plus faire exécuter comme d'ordinaire des travaux dans leurs maisons de campagne; c'est là cependant le pain des ouvriers. Il fallait y suppléer; le maire sollicita un secours de la commune de Paris : il lui fut accordé 3,000 francs pour aider au rétablissement de la chaussée du chemin du Perreux, depuis la patte d'oie jusqu'à la route impériale. Toutes les ressources de la prestation furent également portées de ce côté. Plus tard un nouveau secours de 1,000 francs fut encore accordé, et de cette manière une cinquantaine d'ouvriers trouvèrent dans les terrassements et la recherche des pierres pour le macadam, des moyens de subsistance.

Les élections étaient à l'ordre du jour; il fallait passer une partie de son temps à voter et à dépouiller des scrutins. Les premières qui eurent lieu à Nogent, témoignèrent du bon esprit qui régnait encore dans la population. Dans celles de la garde nationale, presque tous les officiers furent conservés dans leur grade ou reçurent de l'avancement par suite de l'augmentation des cadres; mais le capitaine Fatin, qui avait commandé la garde nationale de Nogent pendant plus de douze ans, et qui pendant ce laps de temps avait montré toujours un zèle et une intelligence remarquables, fut remplacé, et ce fut une chose fâcheuse. La discipline et la bonne tenue du corps s'en ressentirent.

Dans les élections générales, à peine le cinquième des électeurs vota dans le sens des idées désorganisatrices; malheureusement cette proportion ne sut pas se maintenir : le mal faisait des progrès. Aux élections suivantes c'était le quart, puis le tiers des électeurs qui votaient avec la république rouge, et sans le coup d'État qui sauva la France, nul doute qu'en 1852 les partis se fussent équilibrés, tant est grande la contagion des mauvaises doctrines.

La difficulté pour la commune de Paris d'utiliser son armée de travailleurs nationaux, faisait rechercher tous les projets de routes qui se trouvaient dans les cartons. On avait proposé, en 1845, l'élargissement de celle de Strasbourg à travers le parc de Vincennes, avec des contre-allées et un macadam de chaque côté du pavage. Ce projet utile, que la liste civile devait entreprendre avec ses propres ressources, fut mis à exécution : environ mille travailleurs y furent occupés pendant l'année ; ils voulurent plusieurs fois pendre le conducteur qui dirigeait les travaux, et souvent l'ingénieur était obligé de se soumettre aux caprices les plus incroyables. L'autorité était sans force ; aussi, pendant le temps qu'ils travaillèrent, c'est à peine si les arbres furent abattus et les terrassements commencés ; il fallut depuis reprendre tout simplement des ouvriers de la campagne pour finir cette route. Nogent en fournit sa part : ce fut une ressource pour la population et la route telle qu'elle est aujourd'hui est sans contredit une des plus belles des environs de Paris.

Ce qui s'était présenté pour la route de Strasbourg eut encore lieu pour l'exécution d'un autre projet moins utile, mais qui complétait le grand chemin de ceinture pour le département de la Seine : c'était le chemin de grande communication du rond-point de Plaisance au pont de Bry. On y employa sept à huit cents travailleurs nationaux qui ne firent pas mieux que leurs camarades dans le parc de Vincennes. Après trois ou quatre mois de séjour sur l'atelier, ils furent retirés ayant à peine jalonné ce chemin.

Le pouvoir avait organisé, avec les travailleurs nationaux, une armée insurrectionnelle qui devait se montrer dans les fatales journées de juin. Ses chefs, qui se faisaient remarquer par leur exaltation révolutionnaire, ne se cachaient pas pour répéter hautement que le moment était arrivé où ils reprendraient les rênes du gouvernement et qu'ils le feraient marcher suivant les errements de 93, suspendus depuis quelque temps par l'assemblée constituante. Le courageux M. de Falloux avait attaqué, avec son talent ordinaire, le vice de l'organisation des ateliers nationaux ; il en avait fait sentir tout le péril pour la société, et ils devaient être licenciés ; on avait donné à ces hommes des armes, des munitions ; cette vie d'oisiveté et de liberté absolue leur convenait ; la guerre devait éclater. Il fallut que le gouvernement luttât contre des ennemis redoutables. La victoire lui resta, mais elle fut chèrement payée : l'armée y perdit quelques-uns de ses plus nobles chefs, et la garde nationale des citoyens qui, en affrontant la mort pour sauver leur pays, donnèrent un exemple héroïque au monde entier.

La garde nationale de Nogent fut appelée sous les armes ; une partie fut envoyée à la barrière ; plusieurs de ces soldats citoyens s'y conduisirent en gens de cœur ; deux furent mentionnés honorablement dans l'ordre du jour du général en chef. L'un d'eux, le baron Dumesnil, était un père de famille qui, rendu à son poste au premier signal avec son fils et son gendre, malgré ses cheveux blancs, ne le quitta que lorsque l'ordre lui en fut donné.

Si la lutte des journées de juin causa des désastres et donna des inquiétudes bien vives et bien sérieuses, elle contribua grandement à rétablir la confiance dans le pays. Jusque là, les insurrections avaient été presque toujours victorieuses ; les gouvernements n'avaient jamais osé se défendre, par la crainte du préjudice qu'ils pouvaient causer aux gens étrangers à la lutte. La victoire de juin leur fit connaître que l'on doit se placer au-dessus de ces considérations. En février, la lutte avait été presque nulle : les désastres furent énormes. En juin, ils se réduisirent à quelques maisons brûlées, de peu d'importance, et à quelques pavés déplacés, bien que l'on eût fait usage de tous les moyens destructifs que donne l'art de la guerre.

Le maire nommé en février était fatigué de toutes les difficultés de sa position ; il avait plusieurs fois offert sa démission, mais les amis qu'il avait dans la commune de Paris ne voulaient point l'accepter ; ils faisaient appel à son dévouement républicain, et ils le forçaient ainsi à continuer son administration. Mais au mois de décembre il reçut sa démission, et le citoyen Recurt, alors préfet de la Seine, nomma de nouveau M. de Perreuse maire de la commune : c'était lui qui, comme adjoint au maire de Paris en février, l'avait destitué : singulière coïncidence.

Les recettes du bureau de bienfaisance avaient beaucoup baissé pendant l'année 1848 ; on avait été obligé de supprimer les allocations de viande accordées aux pauvres, ainsi que plusieurs autres ; toutes les ressources étaient épuisées. On fit un nouvel appel à la générosité des propriétaires de la commune ;

il fut écouté, et l'on put alors remettre bientôt les choses sur l'ancien pied.

Beaucoup d'ouvriers restaient encore sans ouvrage ; on recueillit une souscription pour eux, elle donna 500 francs. Cette somme servit encore à faire exécuter quelques travaux sur différents chemins qui n'étaient pas classés comme chemins vicinaux. Enfin, le maire chercha par tous les moyens possibles, et en employant toutes les ressources du budget, à faire travailler les ouvriers en réparant successivement la rue Charles VII et plusieurs ruelles dont les chaussées étaient en mauvais état.

En 1849, le choléra fit sa seconde apparition dans la commune ; ses ravages furent moins grands qu'en 1832 ; dix-neuf habitants seulement furent atteints, neuf succombèrent.

La commune, à la fin de 1849, avait cédé à M. Sébastien Archdéacon, rue Charles VII, quelques parcelles de terrain de la rue complétement inutiles ; le produit de cette vente (423 francs) fut utilisé pour établir le bureau du percepteur dans le corps de garde, beaucoup trop grand et de forme très-irrégulière. Ce bureau était indispensable, et le comptable y trouva toutes les garanties et la convenance pour son service.

Il avait été établi une brigade de gendarmerie des chasses aux Minimes, dans le bois de Vincennes. Ce poste isolé ne donnait là qu'un médiocre résultat pour la sécurité des personnes et des choses. Depuis longtemps la commune demandait que ce poste, occupé par une brigade de la gendarmerie de la Seine, depuis la suppression de la gendarmerie des chasses, fût transféré à Nogent. En 1850, cette mutation fut accordée, et aujourd'hui la brigade, placée à l'entrée du village, contribue efficacement au maintien de l'ordre et de la tranquillité publique.

Le maire, pendant l'année 1850, reprit successivement le rétablissement des chaussées des rues qui n'avaient point encore été remises en état. La montée de la rue Charles VII, si escarpée, et qui avait donné lieu au changement de direction de la route départementale 44, était surtout dans un état déplorable. Il entreprit de la convertir en macadam avec des trottoirs de chaque côté. Ce fut un travail assez difficile à cause de la pente : il réussit cependant, mais il en coûta plus de 1,200 francs qui furent pris sur les ressources du budget.

En 1851, le curé Terrière, qui, depuis 1831, était à la tête de l'église de Nogent, donna sa démission ; il fut remplacé par l'abbé Meynet, curé de Châtenay. Ce jeune ecclésiastique, pénétré des devoirs de son ministère, s'occupa immédiatement après son arrivée de donner au culte toute la pompe dont il est susceptible. Bientôt, grâce à ses efforts, la maison de Dieu ne fut plus assez vaste pour contenir les fidèles : il fallut songer à son agrandissement et à des réparations urgentes qui ne pouvaient être différées ; plusieurs plans furent proposés, mais la démolition du porche , résolue depuis longtemps , ayant eu lieu au commencement de 1852, fit découvrir de profondes lézardes dans la façade de l'édifice ; il fallut démolir cette façade, dans la largeur de la nef du milieu, et l'on convint de prolonger cette nef de toute la longueur d'une travée. Ce travail, qui coûta près de 14,000 francs et qui fut seulement terminé en 1853 , fut payé par des secours montant ensemble à près de 8,000 francs, obtenus de l'administration supérieure, par une souscription de 4,000 francs faite chez les fidèles, et, pour le surplus, par les fonds libres de la fabrique et de la commune. Aujourd'hui l'église, parfaitement consolidée, offre un développement suffisant et des travaux exécutés subséquemment, soit à l'extérieur, soit à l'intérieur, ont changé complétement l'aspect de l'édifice qui est tout à fait convenable.

En même temps que le curé Terrière quittait Nogent, l'instituteur Janroy donnait sa démission : il était remplacé, le 15 août 1851, par le sieur Durieu, professeur à l'institution Pontier. A la fin de la même année , Mlle Philippe, directrice de la salle d'asile, étant morte, Mme Durieu fut nommée à sa place. Elle avait reçu l'instruction nécessaire pour mettre l'asile sur le même pied que ceux de Paris, et elle a pu ainsi lui donner une excellente impulsion.

La maladie de la vigne, qui avait paru sur quelques points du territoire en 1850 , continua ses ravages en 1851 ; presque tous les chasselas en furent

8

atteints, et, depuis cette époque, Nogent se trouve compris parmi les vignobles que cette maladie si funeste de l'oïdium a envahis, sans qu'aucun remède efficace soit encore trouvé pour la combattre.

C'est dans cette même année 1851, que quelques jeunes gens du pays, sous l'habile direction de M. Desain, professeur de musique, fondèrent une classe d'*Orphéon*. Cette classe prit bientôt un développement remarquable ; le goût de la musique se propagea dans la commune. La classse n'avait pas dix-huit mois d'existence qu'elle pouvait concourir à la réunion générale des Orphéons à Fontainebleau, et mériter le premier prix dans la section qui lui avait été assignée. L'autorité municipale fit tout ce qui dépendait d'elle pour encourager cette utile institution de l'Orphéon.

CHAPITRE VII

Acte du 2 décembre 1851 ; il est approuvé par la grande majorité des habitants qui le sanctionnent par leur vote. — Développements de la prospérité de Nogent sous le gouvernement impérial. — Legs Dubois et Honoré. — Travaux d'utilité communale, éclairage au gaz, etc. — Conclusion.

Le coup d'État du 2 décembre, dont l'effet fut si puissant et qui donna au pays les gages de sécurité et de tranquillité dont il avait tant besoin, fut accepté avec la plus vive reconnaissance par la grande majorité des habitants de la commune : soixante-deux électeurs seulement protestèrent contre cet acte qui sauvait le pays ; quatre cent trente-sept y donnèrent une sanction éclatante ; ceux-ci avaient compris que l'anarchie et tous les malheurs qui devaient sortir des élections de 1852 seraient comprimés par la main providentielle de l'homme qui avait accompli cet acte, et, faisant taire tout autre sentiment qui pouvait les dominer intérieurement, ils lui donnèrent une adhésion complète.

Il en fut de même l'année suivante dans le vote

pour le rétablissement de l'empire. Les voix se répartirent de la même manière. Il y eut cependant une quarantaine d'abstentions, mais le nombre des votants étant plus considérable, le résultat fut identique ; dans cette grave circonstance, le bon esprit de la grande majorité des habitants de Nogent se retrouve tel qu'il aurait toujours dû être, si la crainte des vengeances particulières et la séduction exercée par quelques meneurs ne l'avait comprimé pendant les mauvais jours.

A la fin de 1850, la commune avait perdu l'un de ses meilleurs citoyens, M. Dubois, ancien architecte du roi et du duc d'Aumale, et membre du conseil municipal ; ses connaissances profondes avaient été toujours mises au profit des intérêts du pays, et sa générosité pour les pauvres était sans bornes. En mourant il légua une somme de 5,000 francs au bureau de bienfaisance, mais ce fut seulement en 1852 que la commune obtint l'autorisation nécessaire pour jouir du bénéfice de ce legs.

Ce fut à la même époque que la veuve de M. Honoré, architecte, étant venue à mourir, la commune entra en jouissance d'un legs de 1,000 francs de rente que lui avait fait cet enfant du pays et qui ne devait être touché qu'après la mort de Mme Honoré. Ce legs était particulièrement destiné aux écoles communales ; 500 francs étaient pour l'école des garçons, les 500 autres furent partagés entre l'école des sœurs et l'asile. Le conseil municipal, par suite,

porta à trente le nombre des garçons à instruire gratuitement; il exonéra de toute rétribution pour
achats de livres, papiers, etc., vingt enfants de l'é-
cole des sœurs, et quatorze autres durent être élevés
à l'asile sans aucune rétribution. Cette générosité de
M. Honoré envers les enfants pauvres de Nogent est
un titre ineffaçable à la reconnaissance du pays.
Aussi le conseil municipal a décidé, pour le reconnaître, dans sa session de novembre 1853, que l'ancien chemin de Lagny, sur lequel plusieurs maisons
étaient en construction, prendrait le nom de rue
Honoré.

La population bourgeoise de Nogent, comprenant
des personnes qui se livrent à l'industrie, ne pouvait
rester étrangère à la grande exposition de Londres;
plusieurs avaient adressé pour ce grand concours
des produits de leurs fabriques; ceux-ci s'y firent
remarquer, et cinq médailles furent accordées à cinq
fabricants : ce furent MM. Honoré, pour la porce-
laine; Randon, pour les dentelles; Jacquet, pour les
meubles; Duvelleroy, pour les éventails; Bolland,
pour un pétrin mécanique.

Jusqu'en 1851, Nogent était compris dans une circonscription de perception dont le siége était à Fontenay. A cette époque, la suppression de plusieurs
percepteurs fit faire quelques changements dans les
circonscriptions; aujourd'hui il est compris dans
celle de Saint-Maur, Joinville, Champigny, Bry et
Bonneuil. Le percepteur doit résider à Saint-Maur.

La garde nationale avait été dissoute en janvier
1852, elle fut reformée dans le courant de l'année sur
de nouvelles bases; son effectif, en y comprenant la
subdivision de sapeurs-pompiers, n'excède pas cent
hommes ; elle ne compte plus qu'une seule compagnie, dont le commandement a été donné au docteur
Lequesne. Nous l'avons déjà nommé à l'époque du
choléra en 1832. En 1853, le capitaine Lequesne a
reçu de l'empereur la récompense des services qu'il
avait rendus à son pays, soit dans les rangs de la
garde nationale, soit comme médecin ; il a été
nommé membre de la Légion-d'Honneur. La compagnie de la garde nationale de Nogent fait partie du
cinquantième bataillon formé par les communes qui
composaient autrefois le troisième bataillon de la
quatrième légion,

La population de Nogent ayant atteint un chiffre
qui dépassait celui désigné par la loi pour avoir un
conseil municipal composé seulement de douze
membres, il devenait nécessaire de porter ce nombre
à seize, ainsi que le prescrivaient les instructions
préfectorales ; sur la liste des candidats proposés
par le maire, en nombre triple de celui des conseillers à nommer, le préfet compléta le conseil en
maintenant dans cette assemblée, par parties égales
ou à peu près, les trois classes formant la population
de Nogent, vignerons, artisans et bourgeois. Cet
équilibre, qui n'avait pas été observé jusqu'à ce
moment, permet à chacun d'avoir dans le conseil

des organes en nombre suffisant pour protéger ses intérêts.

L'utile institution des cantonniers n'avait point encore reçu son application à Nogent. Sur la proposition du maire, le conseil municipal appela à ces fonctions un bon ouvrier, qui est entré en exercice le 1er janvier 1853. L'entretien des chemins macadamisés est devenu beaucoup meilleur, et l'on doit espérer d'excellents résultats de cette nomination.

Les ressources du budget ne permettaient pas de donner au cantonnier une solde suffisante pour le faire vivre ; il a été chargé en même temps de plusieurs autres services qui, sans contrarier celui des chemins, lui donnent une existence convenable.

Depuis longtemps on réclamait pour Nogent un éclairage que sa population rendait indispensable ; la surveillance des rues l'exigeait, et l'autorité avait compris qu'on ne pouvait plus différer cette amélioration. Plusieurs projets d'éclairage furent successivement présentés ; il en était résulté quelque retard dans la mise à exécution de l'un d'eux. Enfin, on se décida, et l'on obtint l'autorisation nécessaire pour l'emploi du gaz liquide. Dix-neuf réverbères, entretenus par ce procédé et placés sur cinq candélabres en fonte et quatorze supports ou gondoles en fer, distribuent une lumière suffisante dans la plus grande partie des rues de la commune ; cet éclairage a été mis en activité à partir du 19 octobre 1853.

Nous terminerons ici cette notice historique sur

Nogent-sur-Marne. Nous avons cherché à la compléter autant qu'il nous a été possible. Dans les premiers temps de notre administration, lorsque nous pouvions par nous-même feuilleter tous les registres administratifs, nous en faisions des extraits que nous avons réunis dans un recueil destiné à contenir tout ce qui avait trait à l'histoire, à la statistique, à l'administration du pays. Ce travail assez complet nous avait demandé du temps et de la patience ; mais, dans la pensée qu'il serait utile, nous l'avons poursuivi jusqu'à ce moment. Nous avons continué à inscrire, chaque année, tous les faits qui pouvaient offrir quelque intérêt. Ce recueil, que l'on devrait, à notre avis, exiger dans toutes les communes et qui serait un jour de la plus grande utilité pour l'histoire générale du pays, nous a permis de faire notre travail avec la plus grande exactitude. Nous croyons donc pouvoir affirmer la vérité de tout ce qui est contenu dans cette notice.

Peut-être trouvera-t-on que la politique y joue quelquefois un rôle trop étendu. Mais nous n'avons pas craint de faire remarquer tous les rapports de cette politique avec les intérêts de la localité. Nos registres en font foi. Si cette politique est sage et conservatrice, la commune jouit de tous les avantages que l'on peut désirer pour une population à laquelle on porte le plus vif intérêt. Si elle est désordonnée, c'est la misère et la ruine pour tous. 1793, 1830, 1848, ont offert successivement la preuve d'une pareille vérité.

A Dieu ne plaise que nous établissions des comparai-
sons entre ces deux dernières époques et la première ;
mais si le mal n'a point été aussi grand, ne faut-il
pas en rendre grâce à des circonstances providen-
tielles que nous ne pouvons trop admirer. La royauté
du 7 août, en mettant un terme à l'anarchie, ne lui a
pas permis de faire tout le mal qui nous menaçait ; le
coup d'État du 2 décembre nous a arrêtés sur le chemin
de l'abîme vers lequel nous marchions à toutes voiles
pour y être engloutis avec les élections de 1852.

Nous avons pensé que nos lecteurs nous pardon-
neraient donc ces digressions politiques qui tiennent
de si près à notre histoire, et nous espérons qu'on
rendra justice à nos intentions.

Si les registres administratifs nous ont fourni une
partie des documents contenus dans cette notice, ils
ne pouvaient remonter assez haut pour donner des
lumières sur les premiers temps de Nogent. Nous
avons donc dû consulter les divers ouvrages qui se
sont occupés de l'histoire des environs de Paris,
et notamment ceux de l'abbé Lebeuf et de Dulaure.
Mais nos yeux ne nous permettant plus de compléter
les recherches par nous-mêmes, nous avons pro-
fité de l'obligeance de quelques personnes qui s'é-
taient occupées comme nous de ces recherches, et
nous serions ingrats si nous ne mentionnions pas ici
un membre du conseil municipal, M. Bouland, qui
nous a fourni sur Plaisance et le Perreux les notes
que nous avons données.

Il y avait des lacunes dans les registres à consulter, et leur tenue, dans les mauvais jours, n'était pas constamment régulière. Nous avons cherché à y suppléer en consultant des vieillards qui s'étaient toujours occupés des intérêts du pays, et dont la mémoire ne faisait pas défaut. Notre adjoint, le sieur Lequesne, qui, plus qu'octogénaire, conserve encore le désir d'être utile avec une énergie digne du jeune âge, nous a donné beaucoup de renseignements sur les premiers temps de la révolution, et l'ancien instituteur, le sieur Muzaton, qui, pendant trente-huit ans, a rempli les fonctions de secrétaire de mairie, nous a également donné des renseignements utiles dont nous avons pu profiter. Nous sommes heureux de pouvoir offrir ici à ces messieurs tous nos remerciements.

Nous faisons précéder la notice historique d'une description et d'une statistique de Nogent. Nous avons appelé pour ce travail le concours des personnes du pays qui pouvaient nous fournir des renseignements précis.

TABLE DES CHAPITRES.

Paris. — Imp. J.-B. Gros, rue des Noyers, 74.

OBSERVATIONS

SUR

LA PRONONCIATION ET LE LANGAGE

RUSTIQUES

DES ENVIRONS DE PARIS

PARIS. — TYPOGRAPHIE DE PILLET FILS AINÉ

RUE DES GRANDS-AUGUSTINS, 5.

OBSERVATIONS

SUR

LA PRONONCIATION ET LE LANGAGE

RUSTIQUES

DES ENVIRONS DE PARIS

PAR ÉMILE AGNEL

Ego cur, acquirere pauca
Si possum, invideor?

(HORACE, *Art poétique*.)

PARIS

SCHLESINGER FRÈRES

LIBRAIRES

12, rue de Seine et rue Vivienne, 2.

J.-B. DUMOULIN

LIBRAIRE

Quai des Augustins, 13.

MDCCCLV

J'ai longtemps habité la campagne dans un rayon de six à huit lieues autour de Paris. J'aimais dans ma jeunesse à entretenir de fréquentes et longues causeries avec les paysans, à entendre leur langage simple et pittoresque. Je trouvais un certain charme à ces récits, souvent parsemés de proverbes et colorés de figures aussi hardies qu'originales. J'étais frappé de ces différences entre la prononciation de notre langue du dix-neuvième siècle, exactement parlée, et la prononciation du langage rustique. Je rencontrais dans les mots, dans les tours de phrases employés par nos gens de campagne (1) une unité

---

(1) On rencontrera souvent cette expression dans le cours de cet ouvrage ; je l'ai adoptée de préférence à celle : *gens de la campagne,* indiquée par le *Dictionnaire de l'Académie française.* Les mots : *gens de campagne,* rendent ma pensée avec plus de concision, et me semblent généralement usités.

de forme , un ensemble d'éléments dont il me paraissait intéressant de rechercher la source et les causes.

J'écrivais sur des pages volantes le résultat de mes observations journalières, et je rencontrais, en lisant les ouvrages de nos anciens écrivains français, la plupart des expressions employées dans le langage de nos campagnards.

Retrouvant, il y a quelques années, les pages relatives à ce travail, il me vint à la pensée de réunir ces notes éparses et d'en former un recueil d'observations sur la prononciation et le langage rustiques des environs de Paris.

Tel a été l'objet de mes recherches.

Pour remplir scrupuleusement mon but , j'ai fréquemment parcouru les nombreux cantons du département de Seine-et-Oise, sans toutefois m'en tenir à ce seul département, et je me suis assuré à diverses reprises de l'exactitude des remarques qui sont réunies dans cet écrit.

Je dois surtout faire observer que cet ouvrage n'est point une grammaire , mais un recueil d'observations vérifiées sur les lieux. Ce sont des faits généraux que j'ai voulu constater. Toute personne qui, ainsi que j'ai eu la patience de le faire, prendra la peine d'étudier le langage de nos campagnes, reconnaîtra l'exactitude des règles consignées dans ces essais.

J'applique à mon travail ces paroles d'un illustre publiciste : « Je n'ai point tiré mes principes de » mes préjugés, mais de la nature des choses. » (MONTESQUIEU, préface de *l'Esprit des Lois*.) Préférant énoncer et résumer les vérités, j'ai voulu resserrer les limites de cet écrit autant qu'il m'a été possible, et laisser aux lecteurs le soin de tirer eux-mêmes les conséquences plutôt que de me perdre dans de longues et fastidieuses dissertations. Seulement, les rapprochements que j'ai faits entre le langage actuel de nos compagnes et la langue écrite et parlée il y a plusieurs siècles c'est-à-dire le dialecte usité dans l'Ile-de-France (1) m'ont paru curieux et indispensables pour éclairer par l'histoire un sujet qui s'y rattache essentiellement. En

---

(1) Cette contrée avait été ainsi appelée parce qu'autrefois elle ne se composait que du pays resserré dans une espèce d'île formée par la Seine, la Marne, l'Oise et l'Aisne. Lorsque la France était divisée en provinces, celle de l'Ile de France comprenait outre l'Ile de France proprement dite, la Brie française, le Gâtinais français, le Hurepois, le Mantois, le Vexin français, le Beauvoisis, le Valois, le Soissonnais et le Laonais. Elle forme maintenant les départements de la Seine, de Seine-et-Oise, de Seine et-Marne et une partie de ceux de l'Oise et de l'Aisne.

effet , il est remarquable de rencontrer chez nos
paysans les mêmes expressions, les mêmes tours
de phrase que ceux employés à la cour de François Ier et à celle de Henri III.

Quoique le langage de nos campagnes aille toujours en se perdant, il est nécessaire de constater,
qu'il existe encore dans son entier au milieu de
certaines localités qui, soit par leur position topo-
graphique, soit par la nature de leurs relations, se
trouvent plus éloignées du mouvement progressif
dont l'influence se fait journellement sentir. Cette
langue ainsi parlée se conserve surtout dans les
villages dont les habitants ont pour profession ordinaire les travaux des champs.

Je n'ai point à préconiser le langage rustique aux
dépens du langage grammatical, je dirai seulement
que le premier a plus de précision, plus de rapi-
dité que le second; d'un autre côté on voit, comme
il est facile de s'en convaincre en parcourant ces observations, que le langage rustique renferme une
exactitude dans ses formes et un rationalisme dans
ses principes qui ne se rencontrent pas toujours
dans le langage le plus pur, que croyent nous en-
seigner les meilleures grammaires.

J'ai surtout entrepris ce travail dans un intérêt

historique ; j'ai voulu constater l'état actuel du langage rustique des environs de Paris et montrer que ce langage, qui semble si dur et si grossier à nos oreilles modernes, n'est autre que notre langue nationale des quinzième et seizième siècles, telle, au reste, qu'on la retrouve dans les meilleurs écrivains de ces époques.

J'ai divisé ces observations en deux parties, la première se rattache à la prononciation rustique, la seconde à la forme même du langage rustique.

PREMIÈRE PARTIE

DE LA

PRONONCIATION RUSTIQUE

Notre alphabet national servant à reproduire, au moyen de l'écriture, les sons de notre langue, je prends pour point de départ de mes observations sur la prononciation rustique des environs de Paris, l'examen successif de nos lettres alphabétiques en les divisant par voyelles et par consonnes.

I

DES VOYELLES

A

L'*a* initial est toujours prononcé bref par les paysans des environs de Paris (1). Par exemple, *aban-*

---

(1) Au contraire dans la Normandie l'*a* initial se prononce long *âris*, *âmer*, etc.

don, adition, animal, amertume, etc. Nos campa-
guards exceptent seulement les mots âcque (âcre),
âme, âmer, âpe (âpre), âge, et ils en articulent l'a
initial conformément à l'orthographe.

Le son a de la dernière syllabe d'un mot repré-
senté dans notre orthographe par le caractère a seul
ou suivi d'un s ou d'un t, est prononcé long par les
paysans des environs de Paris ; ainsi ils disent : il irâ
pour il ira, contrâ pour contrat, plâ pour plat, brâ
pour bras, un râ pour un rat.

La voyelle a sert à former diverses syllabes qui,
dans la prononciation de nos gens de campagne, su-
bissent certains changements qu'il est nécessaire d'indiquer.

Ainsi ab suivi d'un c ou d'un s se change en ap, et
on dit apcès, apsence, apsent, apsolu, apsurde, pour
abcès, absence, absent, absolu, absurde, etc.

Al suivi de c, m, p ou t se change en ar et on dit :
archimis, arcol, arcove, armona, arfabet, arteré, se
désarterer, pour alch.miste, alcool, alcôve, almanach,
alphabet, altéré, se désaltérer.

Les paysans prononcent : arcajou, arboris, eur-
mouére pour acajou, herboriste, armoire.

Ils substituent la voyelle e à la voyelle a dans les
mots suivants et disent éraignée, érquebuse, éres,
ériére pour araignée, arquebuse, arrhes, arrière.

E

Dans tous les mots commençant par les syllabes *be,*
de, che, fe, ge, le, me, ne, pe, re, ce, se, te et dont l'*e*
est sans accent, les paysans ne prononcent pas cette
voyelle; ils joignent la consonne à la syllabe suivante et forment avec elle dans la prononciation une
seule et même syllabe; ainsi ils disent :

b'lete (1)	pour	belette	p'loton	pour	peloton
ch'min	—	chemin	p'lur	—	pelure
d'main	—	demain	r'bondir	—	rebondir
d'mi	—	demi	r'nom	—	renom
f'nète	—	fenêtre	r'mède	—	remède
j'lé	—	gelé	r'gice	—	registre
j'net	—	genet	ç'la	—	cela
l'çon	—	leçon	s'cour	—	secours
l'vin	—	levain	s'mence	—	semence
m'nace	—	menace	s'rin	—	serin
m'zure	—	mesure	t'nir	—	tenir
n'veu	—	neveu	t'nace	—	tenace

(1) Je mets une apostrophe pour indiquer le retranchement de l'*e*
muet. Ce retranchement de l'*e* muet dans la prononciation de la syllabe initiale d'un mot avait également lieu autrefois, ainsi que nous
l'apprend Antoine Oudin, secrétaire interprète de Louis XIII, et auteur d'une grammaire française, rapportée au langage du temps et publiée à Paris, en 1632 : « *E* féminin, dit-il, au commencement d'un
» mot se mange tout à fait, comme *demander* lisez *dmander; leçon,*
» *lçon; devant, dvant; acheter, achter; cela, sla; renom, rnom;*
» *tenez, tnez; prenez, prnez;* etc. »

Je crois inutile de multiplier ces exemples qui pourraient s'étendre sur plus de quatre mille mots.

Mais quand l'*e* des syllabes initiales ci-dessus désignées est un *e* avec accent (*é, è, ê*) les paysans conservent à cet *e* la prononciation indiquée par l'orthographe, comme par exemple dans ces mots, : *mépris, mèche, bêche, dégoût* (1).

Si, dans la composition d'un mot dont la première syllabe renferme un *e* avec accent (*é, è, ê*) ou un *e* muet suivi d'un consonne double, il se trouve, après cette syllabe, une autre syllabe composée d'une consonne et d'un *e* muet, les paysans ne prononcent point cet *e* muet et joignent, dans l'articulation du mot, cette consonne avec la syllabe suivante ; c'est ainsi qu'ils prononcent, par exemple, *cél'ri, se dém'ner, dét'ler, dév'loper, méd'cin, pèch'ri, vén'ri, bét'rave,* pour *céleri, se démener, dételer, développer, médecin, pêcherie, vénerie, betterave.*

L'*e*, sans accent, qui précède la syllabe finale des mots terminés en *ment*, ne se prononce pas dans le langage rustique, et l'on dit, par exemple, *adoucis'ment, arondis'ment, détach'ment,* pour *adoucisse-*

---

(1) Je dois faire observer qu'à l'égard des mots commençant par la syllabe *dé* j'ai souvent entendu les paysans supprimer l'*é* de cette syllabe et lier dans la prononciation la consonne initiale *d* avec la syllabe suivante, c'est ainsi qu'ils disent *d'jeuner, d'libération, d'fleuri, d'li, d'vidoué, d'voument, d'valer, d'partement,* pour *déjeuner, délibération, défleuri, délit, dévidoir, dévouement, dévaler, département.* Ce ne sont là toutefois que quelques rares exceptions à la règle générale ci-dessus indiquée.

ment, arrondissement, détachement. Mais quand l'*e*
est avec accent, il se prononce comme dans *agrément, désagrément,* etc.

Si la syllabe *be, de,* ou autre terminée par un *e* sans
accent se trouve au milieu d'un mot, les paysans suppriment cet *e* inaccentué et joignent dans la prononciation la consonne de cette syllabe à la syllabe suivante. Par exemple, ils prononcent *mat'las, sam'di,
sôt'rel, caf'quiére, chat'léne, cal'bace,* pour *matelas,
samedi, sauterelle, cafetière, châtelaine, calebasse.*

Les paysans retranchent de la prononciation l'*e*
inaccentué de la syllabe initiale *eu,* et disent : *Uca-
ristie, Unuque, Ustache, Ugène, Ugénie, Ulalie, Usèbe,*
pour *Eucharistie, Eunuque, Eustache, Eugène, Eu-
génie, Eulalie, Eusèbe,* etc. Ils prononcent aussi *ureu*
pour *heureux* (1).

Nos campagnards remplacent la voyelle *e* par la
voyelle *u* dans la prononciation de la syllabe initiale
des mots *semer, semence, semoir, femelle* et disent : *su-
mer, sumence, sumoué, fumelle.*(Voy.deuxième partie.)

Ils prononcent aussi *cuiier* ou *cuyer* pour *cueillir ;*
mais ils disent *meurir, meur, meure, meurier, meu-
rement* pour *mûrir, mûr, mûre, mûrier, mûrement* (2).

---

(1) Un célèbre écrivain du seizième siècle s'exprime ainsi : « Tout
» ce qui parle bien en France, prononce *hureux.* » (Th. de Bèze,
De Franciæ linguæ recta pronunciatione tractatus, Bâle 1584,
pag. 60.)

(2) Autrefois l'*u* de la première syllabe de ces mots était précédé
d'un *e.*

Les paysans donnent le son d'un *e* fermé (*é*) à toutes les syllabes finales des mots en *ère, ière, aire, erre, air, er, ere;* ainsi ils disent : *pér, mér, lumiér, fér, tér, ér, amér, clér,* pour *père, mère, lumière, faire, terre, air, amer, clerc* (1); il en est de même dans les monosyllabes *les, ces, des, mes, tes, ses,* nos gens de campagne les prononcent *lé, cé, dé, mé, té, sé* (2).

---

(1) On lit dans l'*Art de prononcer parfaitement la langue françoise,* Paris, 1696 T. II, pag. 431, le passage suivant : « L'*e* est mas- » culin — c'est-à-dire fermé — aux pénultièmes syllabes des mots » terminés en *ere* ou en *eres;* comme aussi aux pénultièmes des troi- » sièmes personnes plurielles des verbes terminés en *erent* et pour » lors il est long, comme : *je considére, tu considére, ils considè-* » *rent, ils considérent, ils considérérent, ils gagnérent, il digére,* » *ils digérent, sévére, misére, monastére, colére, galére, pére, mére,* » *frére, artére.* »

Antoine Oudin dit aussi, pag. 3 de sa grammaire, publiée en 1632, que les mots *père, mère, frère,* et leurs composés, *compère, com- mère, confrère* se prononcent avec *é* fermé.

(2) L'auteur de l'ouvrage cité dans la note précédente, l'*Art de pro- noncer la langue françoise,* s'exprime en ces termes, pag. 434 : « L'*e* est aussi masculin au mot de *féve* et aux monosyllabes *les,* » *ces, des, mes, tes, ses,* mais il ne souffre point d'accent. Pronon- » cez donc ces mots comme s'ils étoient marqués avec un accent » ainsi : *lés, cés, dés, més, tés, sés,* et non pas *lais, çais, dais, mais,* » *tais, sais,* comme on fait à Orléans et tout le long de la rivière de » la Loire où on dit : *mais gans, dais enfans, sais amis,* pour dire : » *més gans, dés enfans, sés amis,* qu'on doit prononcer, et comme » on prononce à la cour, de même que si ces mots étaient écrits ainsi : » *més gân, dézanfân, sèzami.* »

Robert Estienne, *Traité de la grammaire françoise,* Paris 1569, pag. 6, donne sur la prononciation de la voyelle *e* telle qu'elle avait lieu de son temps, les explications suivantes : » *E,* quand il est au » commencement, quelquefois se prononce bref et court, et comme à » demi-son comme *pelér* ou *pe* est court et *lér* est long. Quelquefois » se prononce long, comme *réciter, révéler :* et communément ès » mots qui ont deux consonantes après *e,* comme *celle, eslever, es-*

Dans le langage rustique, la syllabe finale *eau* se prononce *iau*. Tel est le principe général. Toutefois cette prononciation tombe de jour en jour en désuétude dans les environs de Paris et n'est conservée que dans quelques mots comme *çiau, musiau, biau* pour *seau, museau, beau*. Mais lorsque l'on atteint les arrondissements d'Etampes, de Pontoise et de Mantes ou les départements de l'Oise et de Seine-et-Marne, cette prononciation de la syllabe *iau*, dans les mots finissant en *eau*, reparaît en entier et s'emploie généralement (1).

I

Les paysans prononcent *ain* la syllabe *im* ou *in*, qui se trouve au commencement d'un mot ; par exemple ils disent *ainanimé, ainabordabe, ainmortel,*

» *batre*. Semblablement au milieu quelquefois il est court comme
» *amener, appeler* : quelquefois long comme *amére, entiére* : et com-
» munément, quand deux consonnantes suivent *e*, comme *commettre,*
» *entendre*. Quand il est en la fin, il se prononce aussi diversement.
» Aucunes fois d'un son long et eslevé comme *aimé*, en ouvrant la bou-
» che pour le prononcer long, lequel souvent nous marquons d'un ac-
» cent aigu latin, principalement quand il y peult avoir double, comme
» *aimé, poureté, gravité*. Quelquefois il ne se prononce qu'à demi-son
» et en refermant la bouche, et la syllabe de devant est longue comme
» *sapience, justice, chambre*. Telle est sa prolation quand il y en a
» deux ensemble ès participes fœminins, comme *aimée, enseignée,*
» *crée, recrée*. Mais ès participe masculin, le dernier *e* se prononce
» par l'accent aigu comme *créé*. »

(1) Dans les manuscrits du treizième siècle, on lit *chapiau, che--
viau, yaue* pour *chapeau, cheval, eau*, etc.

ainmuabe, pour *inanimé*, *inabordable*, *immortel*, *immuable*, etc.

Les habitants de nos campagnes retranchent de la prononciation la voyelle *i* dans les mots suivants et disent habituellement :

boço	pour	boisseau	vola	pour	voilà
boçéyé	—	boisselier	vosin	—	voisin
boçél'ri	—	boissellerie	vosinage	—	voisinage
boçon	—	boisson	vosiné	—	voisiner
cognasié	—	coignassier	voture	—	voiture
élogné	—	éloigner	voturé	—	voiturer
élogn'ment	—	éloignement	voturié	—	voiturier
moéte	—	moite	cuçon	—	cuisson
mogno	—	moineau	cuyér	—	cuillère
moçon	—	moisson	culré	—	cuillerée
moçoneur	—	moissonneur	curace	—	cuirasse
mognon	—	moignon	curaçié	—	cuirassier
molon	—	moëlon	cusine	—	cuisine
moqué	—	moitié	cusiné	—	cuisiner
moteur	—	moiteur	cusinié	—	cuisinié
mozi	—	moisi	luzan	—	luisant
mozir	—	moisir	nusible	—	nuisible
mozisur	—	moisissure	ruso	—	ruisseau
poré	—	poirée	poro	—	poireau
potrail	—	poitrail	ruslan	—	ruisselant
potrinér	—	poitrinaire	ruslé	—	ruisseler
potrine	—	poitrine	uçié	—	huissier
sogneu	—	soigneux	usri	—	huisserie
sogné	—	soigner	temogné	—	témoigner
voci	—	voici	témognage	— témoignage (1)

---

(1) Au seizième siècle, la plupart des mots ci-dessus rapportés

O

Dans la prononciation rustique la syllabe *oi* se
change en *oué* (1). Par exemple, on dit *la loué, la
souéf, le pouél, la mouéle, étouéle, aouéne, nouér,
vouér, bouére, glouére, victouére, droué, froué, an-
gouése, drouéte, pouéve, Ouéze,* pour *la loi, la soif, le
poil, la moelle, étoile, avoine, noir, voir, boire, gloire,
victoire, droit, froid, angoisse, droite, poivre, Oise*
(rivière).

Cette règle de prononciation s'applique à plus de
six mille mots.

Mais il importe de remarquer que plus on se dirige
vers la Normandie, plus cette prononciation *oué* avec
e fermé, tend à s'éclaircir ; ce qui produit un son
entre l'*e* fermé et l'*e* ouvert. On comprend qu'il serait
impossible d'indiquer exactement, au moyen de l'é-
criture, cette articulation qui varie presque de village
à village. Mais lorsqu'on est arrivé sur les confins même
de la Normandie, le son *é* se trouve entièrement mo-
difié et devient tout à fait ouvert. Ce n'est plus *la loué,*

étaient, ainsi qu'ils le sont encore de nos jours, orthographiés *oi* et *ui,*
mais, comme l'attestent divers écrivains de cette époque, ces mots se
prononçaient en élidant la voyelle *i.*

(1) Tel était autrefois le mode général de prononciation de cette
diphthongue *oi.* (ANTOINE OUDIN, *Grammaire françoise,* Paris, 1632,
pag. 331 ; M. GÉNIN, *des Variations du langage françois,* depuis le
douzième siècle, Paris, 1845, pag. 297, 302 et 303.)

la foué, que l'on entend prononcer, mais *la louè*, *la fouè*, avec le son *è* fortement ouvert.

La prononciation des monosyllabes ou de la syllabe finale des mots terminés en *or*, *ors*, *ort* ou *ore* est toujours longue dans le langage rustique. Ainsi nos campagnards disent *ôr*, *trésôr*, *dehôrs*, *fôrt*, *transpôrt*, *j'ignôre* pour *or*, *trésor*, *dehors*, *fort*, *transport*, *j'ignore*, etc.

U

Les paysans élident l'*u* du pronom de la seconde personne *tu*, lorsque ce pronom est suivi d'un verbe commençant par une voyelle, et disent *t'as*, *t'auras*, pour *tu as*, *tu auras* (1).

Ils retranchent aussi l'*u* de la première syllabe du verbe *nourrir* et prononcent *norir*. Dans certaines contrées, et notamment dans la Brie et le Gâtinais, ce retranchement de l'*u* a lieu aussi pour les verbes *mourir* et *pourrir* et on dit *morir* et *porir*. Telle était autrefois la prononciation de ces trois verbes (2).

---

(1) Voyez pag. 47.

(2)   « C'est vérités que' je vous conte :
         » Chanoine, cler, et roi et conte
              » Sont trop aver ;
         » N'ont cure des âmes sauver
         » Mès les cors baignier et laver
              » Et bien *norrir;*
         » Car il me cuident pas *morir*
         » Ne dedenz la terre *porrir.* »
     (Rutebeuf, poëte du treizième siècle, T. II de ses œuvres publiées par M. Jubinal. Paris, 1839, pag. 1).

II

DES CONSONNES

B

Les paysans suppriment cette consonne dans certains mots et prononcent par exemple *oscur*, *oscurcir*, *ostination*, *ostiné*, *ostruer*, *ostaque*, pour *obscur*, *obscurcir*, *obstination*, *obstiné*, *obstruer*, *obstacle* (1).

---

(1) « On rit des gens du peuple, dit M. Génin (*des Variations du langage français depuis le douzième siècle*, pag. 10), qui prononcent : il m'ostine ; c'est un enfant ostiné ; ne m'ostinez pas. Ils parlent comme on parlait à la cour de Henri III, et pourraient couvrir de confusion les pédants, en leur citant la règle tracée en latin par Théodore de Bèze. Après avoir prescrit de prononcer *oscur* cet illustre savant ajoute : *b* disparaît absolument devant *st*, comme dans ces mots : *obstiné*, *obstination*, qu'on prononce *ostiné*, *ostination*. » (*De Franciæ linguæ recta pronuntiatione*, pag. 64.) Au seizième siècle on avait rétabli le *b* sur le papier pour rappeler l'étymologie de certains mots tirés du latin. Ainsi on écrivait *debte*, *debteur*, venant de *debitum*, *debitor*, mais on prononçait *dette*, *detteur*. Toutefois, dans les mots *obscur*, *obstination*, et dans quelques autres, l'orthographe a fini par l'emporter sur la prononciation habituelle et on a prononcé le *b*.

2 *

Dans les autres mots où la syllabe *ob* est immédiatement suivie d'un *s* ou d'un *t*, les paysans substituent un *p* à la place du *b* et disent *opservation*, *optenir*, pour *observation*, *obtenir*, etc.

Ils prononcent aussi *supjuguer*, *supvenir*, *suptil*, pour *subjuguer*, *subvenir*, *subtil* (1).

Voyez pag. 3 sur la syllabe *be*.

C

Dans certains mots le *c* se change en *g*. Ainsi les paysans disent *diffigulté*, *fagulté*, *revange*, *revanger*, *segond*, *segonder*, *segondement*, *segret*, *segretère*, *segretement*, pour *difficulté*, *faculté*, *revanche*, *revancher*, *second* (2), *seconder*, *secondement*, *secret* (3), *secrétaire*, *secrètement*.

La syllabe finale *cle*, se prononce *que*; par exemple on dit *miraque* pour *miracle*, etc.

Les gens de campagne prononcent *armona*, *aspi*, *arceni*, *blo*, pour *almanach*, *aspic*, *arsenic*, *bloc*.

---

(1) Antoine Oudin, *Grammaire françoise rapportée au langage du temps*, 1632, dit page 12 : « *b* prend le son de *p* en ces mots : *subti- » liser, subtil, subtilement, subtilité.* »

(2) Le dictionnaire de l'Académie française, édition de 1835, avertit que dans ce mot et ses dérivés le *c* se prononce comme un *g*, surtout dans la conversation.

(3) Autrefois ce mot et ses dérivés s'écrivaient par un *g* et se prononçaient conformément à leur orthographe.

D

La dernière syllabe des mots terminés en *dre* se prononce *de* ; exemple *Alexande* pour *Alexandre*, etc. La syllabe finale *dier* se prononce *guié* ; on dit *amanguié, contrebanguié, etuguié, espéguié*, pour *amandier, contrebandier, étudier, expédier*.

A l'égard de la syllabe *de*, au commencement d'un mot, voyez, pag. 3.

F

Dans le langage rustique , les syllabes finales *fle* et *fre*, se changent en *fe* et on dit *balafe, mufe*, pour *balafre, mufle*, etc.

G

Les paysans disent *assiner, assination*, pour *assigner, assignation* (1).

---

(1) « C'est ainsi que l'on prononçoit encore ces mots au temps de « Henri IV. » (ROBERT POISSON, *Alfabet nouveau de la vrée et pure ortografe françoise*, Paris, 1609, pag. 36.) Un passage de Jean de

Les gens de campagne changent le *g* en *q* dans certains mots, et prononcent par exemple *fatiqué* pour *fatigué*.

Ils suppriment la consonne *l* dans la syllabe finale des mots terminés en *gle*, et prononcent *gue*. Par exemple ils disent *angue*, *épingue* pour *angle*, *épingle*, etc.

Ils ajoutent un *g* dans la prononciation des mots terminés par la syllabe *nier* ou *nière*; ce qui communique à cette syllabe une articulation mouillée. Ainsi nos paysans prononcent *meugnié*, *pagnié*, *prugnié*, *dergnié*, *calomgnié*, *comugnié* pour *meunier*, *panier*, *prunier*, *dernier*, *calomnier*, *communier*; *meugnière*, *magnière*, *pépignière* pour *meunière*, *manière*, *pépinière*, etc.

H

Cette consonne, dans la prononciation des paysans, est généralement muette. Ainsi on entend nos gens de

---

Meung, cité par M. Génin, *des Variations de la langue française*, pag. 13, prouve que l'orthographe de ces mots était, au quinzième siècle, conforme à sa prononciation : « Et disoient que nulle esglise ne devoit » estre *assinée* especialement au Saint-Esprit plus que à Dieu le Père » ou à son fils, ou à toute la Trinité ensemble. » On lit aussi ce qui suit dans *l'Art de prononcer la langue françoise*, publié à Paris en 1696, T. Ier, pag. 163 : « Le *g* nazal perd sa prononciation en ces » mots : *signe, signer, consigner* et *soubsigner*, etc., il se prononce » comme une *n*. Prononcez donc *sine, siner, consiner* et le reste. »

campagne dire *l'hangar*, *l'hazard*, pour *le hangar*, *le hasard*.

Je n'ai remarqué que les seuls mots *haine* et *halle*, prononcés par eux avec aspiration de l'*h*.

J ET K

La prononciation de ces consonnes ne subit pas d'altération dans le langage rustique.

L

Les paysans retranchent la consonne *l* dans la prononciation de la syllabe finale de tous les mots terminés en *ble, fle, ple*, avec un *e* inaccentué et disent *be, fe, pe*, par exemple :

afabe	pour	affable	sife ou chife pour sifle		
combe	—	comble	girofe ou gérofe pour girofle		
cribe	—	crible	mufe	pour	mufle
fébe	—	faible	soufe	—	soufle
meube	—	meuble	tripe	—	triple
nobe	—	noble	quadrupe	—	quadruple
ensembe	—	ensemble	peupe	—	peuple
rafe	—	rafle	soupe	—	souple
nèfe	—	nèfle	Constantinope		Constantinople

La dernière syllabe de tous les mots terminés en *gle*, se prononce *gue* ; par exemple on dit *segue, regue, epingue, aveugue, ongue,* pour *sègle, règle, épingle, aveugle, ongle,* etc.

La dernière syllabe de tous les mots terminés en *cle,* se prononce *que;* par exemple *miraque, sièque, artique, soque, onque, bouque,* pour *miracle, siècle, article, socle, oncle, boucle,* etc.

Mais la syllabe finale de l'infinitif et du participe passé des verbes en *bler, cler, fler, gler, pler,* se prononce conformément aux règles ordinaires, par exemple : *troubler, troublé; racler, raclé; souffler, souf-flé; étrangler, étranglé; peupler, peuplé,* etc.

Quand, dans le milieu du même mot, l'une des syllabes *ble, gle* ou *fle* se trouve suivie de la syllabe finale *ment,* cette syllabe *ble, gle* ou *fle* se change en *beul, gueul, feul;* par exemple les paysans disent *dia-beulement, trembeulement, beugueulement, aveugueul-ment, gonfeulement,* pour *diablement, tremblement, beuglement, aveuglement, gonflement,* etc.

La syllabe finale *lier* se prononce *yé;* on dit *bour-yé, chevayé, risiyé, umiyé* pour *bourelier, chevalier, résilier, humilier,* etc.

M ET N

Ces consonnes sont celles qui éprouvent le moins d'altération dans la langue parlée.

Nos paysans retranchent la consonne *m* dans la prononciation du nom propre *Anselme* et de l'adjectif *calme,* et disent *Ansel, cal.*

Dans quelques mots ils changent *l* en *n* par exemple ils prononcent *linas* pour *lilas*.

P

Les paysans, de même que les gens du monde, ne prononcent pas le *p* final des mots terminés par cette consonne ; ils disent *lou, cè de vigne, beaucou, dra, tan, cor*, quoique, suivant l'orthographe, ces mots s'écrivent *loup, cep, beaucoup, drap, temps, corps* (1).

Q

Il n'existe en français que deux mots terminés par cette consonne *coq* et *cinq*.

Les paysans suppriment cette consonne finale et disent *co* pour *coq* (2).

Les paysans ne font pas sentir la consonne finale *q*

---

(1) M. Génin (page 63 de l'ouvrage cité plus haut) fait observer que ce *p* final n'existait point dans l'orthographe ancienne. « C'est, dit-il, le » seizième siècle qui, dans sa pédanterie d'étymologies, s'est avisé » de rappeler le *p* de *tempus*. Jusque-là on ne s'en était jamais oc- » cupé. »

(2) Autrefois ce mot se prononçait *co* parmi les gens du monde, té-moin *co d'inde* pour *coq d'inde*, et ce passage fort connu d'une chanson de Boufflers :

> « Or, de ces nids, de ces *coqs*, de ces lacs,
> » L'amour a formé Nicolas. »

dans *cinq*, quand ce mot se trouve lié à un autre. Par exemple :

> « J'ai *cin* sous dans ma poche,
> » J'en ai toujours autant.

(*Le Juif errant,* vieille chanson.)

On trouve aussi, dans les anciens manuscrits, ce mot écrit *cin*.

Mais lorsque ce mot est seul ou lorsqu'il termine la phrase, les paysans font sentir la lettre finale. Par exemple :

— Donne-moi dix sous ? J'n'en ai qu'*cinq !*

R

Les paysans retranchent la consonne *r* de la dernière syllabe de tous les mots terminés en *bre, dre, fre, pre, tre, vre,* et prononcent *be, de, fe, pe, te, ve.* Par exemple :

sabe	pour	sabre	âpe	pour	âpre
célébe	—	célèbre	lèpe	—	lèpre
libe	—	libre	prope	—	propre
octobe	—	octobre	chipe	—	chipre
salube	—	salubre	corompe	—	corrompre
membe	—	membre	pourpe	—	pourpre
timbe	—	timbre	âte	—	âtre
ombe	—	ombre	ète	—	être
perde	—	perdre	lite	—	litre
orde	—	ordre	apote	—	apôtre
tonde	—	tondre	vente	—	ventre

foude	— foudre	loute	— loutre
balafe	— balafre	cadave	— cadavre
chife	— chiffre	Leféve	— Lefèvre (n. prop)
cofe	— coffre	ive	— ivre
cide	— cidre	manœuve	— manœuvre
soufe	— soufre	Louve	— Louvre
canfe	— camphre	meurte	— meurtre

Le substantif *arbre* fait exception à cette règle : en effet, les paysans prononcent *abre*. Ce mot s'écrivait et se disait ainsi au moyen âge. On le trouve dans Rabelais et dans les anciens dictionnaires. Ce mot était autrefois des deux genres. On lit *bonnes arbres* dans Joinville, *Histoire de saint Louis*, édition Ducange, pag. 36. Ce mot est masculin et féminin dans le *Roman de la Rose*. *Abre* se dit aussi pour *arbre* dans le patois picard.

La dernière syllabe de tous les mots terminés en *cre* se prononce *que*. Par exemple, on dit dans le langage rustique, *aque, suque, enque, vinque*, pour *acre, sucre, encre, vaincre*, etc.

La dernière syllabe de tous les mots terminés en *gre* sonne *gue*. Par exemple : *podague, megue, tigue, ongue*, pour *podagre, megre, tigre, ongre*, etc.

Au reste, ce changement de prononciation des syllabes *gle* et *gre* en *gue* n'est qu'une conséquence de la règle générale ci-dessus indiquée, et d'après laquelle la consonne *l* des syllabes finales *ble, fle* et *ple* et la consonne *r* des syllables finales *bre, dre, fre, tre, vre*, ne se prononcent pas dans le langage rustique.

3

Mais la syllabe finale de l'infinitif et du participe passé des verbes en *brer, crer, frer, grer, prer, vrer, trer*, se prononce conformément aux règles ordinaires. Par exemple : *délabrer, délabré*, etc.

Quand, dans le milieu du même mot, l'une des syllabes *dre, bre, fre, gre, pre, tre, vre*, se trouve suivie de la syllabe finale *ment*, cette syllabe *bre, dre, fre, gre, pre, tre, vre*, se change en *deur, beur, feur, geur, peur, teur, veur*. Par exemple, les paysans disent *déchifeurment, encombeurment, megeurment, auteurment, poveurment*, pour *dechifrement, encombrement, megrement, autrement, pauvrement*, etc.

Mais si la syllabe *bre, dre* ou autre syllabe ci-dessus renferme un *e* avec accent ou voisin d'une consonne redoublée, cette syllabe conserve dans le langage rustique la prononciation indiquée par l'orthographe. Par exemple : *agrément, étrenner, étrennes*, etc.

Les paysans retranchent la consonne *r* de la première syllabe des mots *sarcler, sarcloir, cercle, cercler*, et les prononcent *sâcler, sâclouér, sèque, scélé*.

Dans le langage rustique on ne prononce pas l'*r* finale des substantifs en *eur* qui désignent une profession ou une qualité ; par exemple on dit *porteu d'eau, tayeu d'pierres, danseu d'corde* pour *porteur d'eau, tailleur de pierres, danseur de corde*, etc. (1) ; mais on prononce l'*r* finale des substantifs, tels que

---

(1) Ces règles de prononciation étaient également observées dans le siècle dernier, même à la cour.

honneur, *choufleur*, *cœur*, *bonheur*, *malheur*, *hauteur*, *terreur* et autres de même nature (1).

L'*r* finale des substantifs et des infinitifs en *ir* s'efface dans la prononciation rustique. En effet, les paysans disent *plési*, *louési*, *mouri*, *veni*, *fini* (2) pour *plaisir*, *loisir*, *mourir*, *venir*, *finir*, etc. Ils exceptent les mots *martyr* et *soupir* dans lesquels ils font entendre l'*r* finale.

On exclut aussi de la prononciation rustique l'*r* finale des mots terminés en *oir* ; ainsi on dit *mouchoué*, *miroué*, *saloué* pour *mouchoir*, *miroir*, *saloir* (3).

S et T

Les paysans ont pour habitude de ne point pro

---

(1) Il importe de remarquer que dans la prononciation de cette syllabe finale *eur*, les paysans appuyent principalement sur la dernière voyelle de la diphthongue *eu*, et lui donnent un son sourd et prolongé.

(2) C'est ainsi que ces mots se prononçaient autrefois, du moins dans le discours familier. (*L'Art de prononcer parfaitement la langue françoise*, Paris, 1696, T. II, pag. 729 ; et les *Règles de la prononciation pour la langue françoise*, Paris, 1711, pag. 247.)

> « Compère Guilleri,
> » Te lairras-tu *mouri*. »
> (Vieille chanson.)

Les paysans prononcent aussi *cri* pour *quérir, chercher*, et disent *j'va l'cri* pour *je vais le quérir*. Le verbe *quérir* dérive du latin *quærere*. On le trouve employé dans les lois de Guillaume le Conquérant, §§ iv et xxxiii, sous cette forme : *quer* au présent de l'infinitif, et sous celle-ci : *quere* au présent de l'indicatif.

(3) Telle était pour ces mots et autres semblables, l'ancien mode de prononciation. (Voyez ci-dessus, pag. 9.)

noncer la syllabe finale *te*, *me*, *que*, quand la dernière lettre de la syllabe précédente est un *s*. C'est sur cette dernière lettre que se porte toute l'accentuation des mots avec un sifflement prolongé. Ainsi les habitants de nos campagnes disent *vass*, *céléss*, *chimiss*, *poss*, *buss*, *cataplass*, *égoïss*, *burléss*, *cass*, *obeliss*, *kioss*, *buss*, pour *vaste*, *céleste*, *chimiste*, *poste*, *buste*, *cataplasme*, *égoïste*, *casque*, *burlesque*, *obélisque*, *kiosque*, *brusque*.

Ils ne prononcent point le *t* qui se trouve à la fin des mots en *act*, *acte*, *at*, *art*. Ainsi on les entend dire *exac*, *il s'retrac*, *ap*, pour *exact*, *il se retracte*, *apt*, etc.

La syllabe finale *tier* se prononce *quié*. On dit *char'quié*, *abricoquié*, *s'quié* pour *charetier*, *abricotier*, *setier*, etc.

A l'égard du *t* euphonique, voyez ci-après, deuxième partie du *langage rustique*.

V

Les paysans changent la syllabe finale *vre* en *ve*; ainsi ils disent *couleuve*, *manœuve*, pour *couleuvre*, *manœuvre*.

Quand la syllabe *vre* est au milieu du mot, ils changent cette syllabe en *veur* et prononcent, par exemple, *pauveurté* pour *pauvreté*. Il en est de même à l'égard de l'adjectif *pauvre* lorsqu'il est uni à un substantif. Par exemple, nos campagnards disent *pau-*

veur gens, pauveur diable, pour *pauvre gens, pauvre diable*, etc.

X

Les paysans donnent à l'*x* l'articulation *isque*. Plusieurs maîtres d'école de village m'ont assuré qu'ils avaient une peine infinie à obtenir de leurs élèves la prononciation exacte de cette consonne. Ainsi les paysans prononcent : *lusque, fisque, fisquer, sesque, tasque*, pour *luxe, fixe, fixer, sexe, taxe*.

Cette prononciation est aussi celle du patois parlé aux environs de Valenciennes.

Z

Il existe à peine dans le dictionnaire de l'Académie française quarante mots commençant par cette consonne. Les paysans prononcent *avant z'hier* pour *avant-hier* (1).

---

(1) Cette prononciation vicieuse était reçue au dix-septième siècle, même parmi les gens appartenant à la bonne compagnie. (Voy. *Dialogue des lettres de l'alphabet*, par Frémont d'Ablancourt, lequel est inséré dans le deuxième voulume, pag. 591 de la traduction de Lucien par Perrot d'Ablancourt, Paris, 1654, in-4°.)

III

DES CONSONNES REDOUBLÉES

ET DE L'*L* MOUILLÉE.

Une grande quantité de mots de notre langue s'écrivent avec une consonne redoublée. Dans notre alphabet les lettres *b, c, d, f, g, l, m, n, p, r, s, t*, sont les seules auxquelles on ait appliqué le redoublement de la consonne. D'après la prononciation grammaticale, ce redoublement se fait sentir dans certains mots, et n'a pas lieu dans d'autres. Mais il n'en est pas ainsi dans la prononciation rustique et on peut considérer comme une règle invariable qu'à l'exception des mots dans lesquels la consonne *c* se trouve immédiatement suivie de la voyelle *e* ou *i* comme dans *succès* ou *accident*, cette consonne redoublée ne s'articule jamais.

Suivant les règles de la prononciation grammaticale, la lettre *l*, lorsqu'elle est redoublée et qu'elle est précédée de *ai*, *ei*, *oui*, se prononce mouillée comme dans ces mots *travailler*, *maille*, *veiller*, *recueillir*, *grouiller*, *grenouille*. Cette lettre se prononce de même dans quelques mots où elle n'est précédée que d'un *i* comme dans ceux-ci : *fille*, *quille*, *briller*. La même prononciation est suivie dans les mots qui finissent en *ail*, *eil* et *ouil*, comme *travail*, *réveil*, *cercueil*, *œil*, *fenouil*. Mais les paysans excluent de leur prononciation la consonne *l* mouillée et la remplacent de la façon suivante : — Si la double lettre *l* mouillée est précédée d'un *i*, ils articulent le mot en donnant à la syllabe où se trouve l'*l* double, le son de deux *i* dont le premier a le son plus fortement prolongé que le second qui expire sur les lèvres. Par exemple ils disent *si-ion*, *cari-ion*, *bri-iant*, *bi-iet*, *chevi-ieu*, *vri-ieu*, pour *sillon*, *carillon*, *brillant*, *billet*, *cheville*, *vrille*. — Si la double lettre *l* mouillée est précédée de *ai*, *ei*, *oui*, nos gens de campagne remplacent cette consonne par un *i* qu'ils font faiblement entendre dans la dernière syllabe, par exemple ils prononcent *bata-ieu*, *tré-ieu*, *rou-ieu*, *rou-ié*, *ba-ié*, pour *bataille*, *treille*, *rouille*, *rouiller*, *bailler*, etc.

DEUXIÈME PARTIE

DU LANGAGE RUSTIQUE

I

DES GENRES

Parmi les substantifs il en existe qui sont masculins suivant le langage rustique, et féminins selon le langage grammatical, *et vice versâ.*

Il importe de remarquer qu'au moyen âge et dans les ouvrages des auteurs les plus renommés de cette époque, le genre des substantifs ci-après désignés, était semblable à celui que ces mêmes mots conser

vent encore dans le langage rustique. Pour se convaincre de cette vérité il suffit de jeter les yeux sur
les exemples que voici :

Mots masculins d'a- près le langage grammatical de nos jours.		Mots féminins d'a- près le langage rustique et l'ortho- graphe ancienne.
	Age (1)	
	Amour (2).	
	Art (3).	
	Espace (4).	
	Evêché (5).	

---

(1)   « Henri de qui les yeux et l'image sacrée
       » Font un visage d'or à cette *âge* ferée,
       » Ne refuse à mes vœux un favorable appui. »
. . . .
       « Que d'hommes fortunés en leur *âge* première
       » Trompés de l'inconstance à nos ans coustumière. »
       (MALHERBE, Poésies, Liv. Ier, les *Larmes de saint Pierre*.)

Amyot, Montaigne et Clément Marot emploient ce mot au féminin.
Le *Dictionarium latino gallicum* lui donne aussi ce genre.

(2) « Je dis donc qu'il est besoing que les mères nourrissent de leur
» laict leurs enfants... Là où les nourrisses et gouvernantes n'ont
» qu'une *amour* supposée et non naturelle, comme celles qui aiment
» pour un loyer mercenaire » (AMYOT, Œuvres morales, *Comment il
fault nourrir les enfants.*)

« L'*amour* si grande que vous portez au mary. » (*Lettres de Marguerite d'Angoulême,* sœur de François Ier, reine de Navarre, publiées par M. Génin, Paris, 1841, T. Ier, pag. 398.)

(3) Montaigne écrit : « Cette belle *art*. »

(4) Ce mot est féminin dans Rabelais, et dans Nicot, *Trésor de la
langue françoise tant ancienne que moderne*. Paris 1606.

(5) Ronsard, dans ses *Poésies*, et Nicod, dans le *Grand dictionnaire françois-latin*, Genève, 1599, emploient ce substantif au féminin.

Mensonge (1).
Minuit (2).
Navire (3).
Ongle (4).
Or (5).
Exemple (6).
Orage (7).
Ouvrage (8).

---

(1) Montaigne, *Essais*, Liv. II, Chap. xviii, et Monet, *Inventaire des deux langues françoise et latine*, Lyon, 1636, et *Parallèle des langues latines et françaises*, Lyon, 1642, donnent à ce mot le genre féminin.

(2) Amyot, Nicot et Monet assignent à ce mot le genre féminin.

(3) Féminin dans Rabelais, Amyot et Montaigne.

(4) Cotgrave et Monet désignent ce mot comme féminin. Ce dernier auteur cite cet exemple : « Le singe porte des *ongles* voûtées. »
La Fontaine donne à ce mot le genre féminin dans la fable intitulée *L'Oiseleur, l'Autour et l'Alouette* :

> « Elle avait évité la perfide machine,
> » Lorsque se rencontrant, sous la main de l'oiseau,
> » Elle sent son *ongle* maligne. »

(5)   « Heureux anneau de ma belle déesse,
> » Que je t'estime et combien tu me plais.
> . . . .
> » Tu es tout d'or, pour montrer la grandeur
> » De mon amour comme l'*or* affinée.
>   (Desportes, les *Amours de Diane*, Liv. Ier, Sonnet xliv.)

(6)   « Car ils prennent la bonne *exemple*. »
>   (*Roman de la Rose*.)

D'après le *Dictionnaire de l'Académie française*, ce mot ne s'emploie au féminin qu'en parlant d'une pièce d'écriture servant d'exemple.

(7) « L'*oraige* est passée... Que savons-nous si l'estaffier de saint Martin nous brasse encore quelque nouvelle *oraige*. » (Rabelais, *Pantagruel*, Liv., IV, Chap. xxiii.)

(8) Rabelais emploie ce substantif au masculin et au féminin. En effet on lit ce qui suit dans *Pantagruel*, Liv. II, Chap. xvi : « Et cest ouvraige est-il de Flandres ou de Henault ? Et puis tiroit son mou-

Poison (1).
Squelette (2).
Trafic (3).

» chenez disant : — Tenez, tenez, voyez ceci de l'ouvraige, elle est d
» Foutignan ou de Foutarabie, — et le secouait bien fort à leur nez e
» les faisait esternuer quatre heures sans repnos. »

(1)   « La *poison* met en une coupe. »

           « Quand Gérard eut bu la *poison*. »

(*Roman de la Violette,* en vers du treizième siècle, publié pa
    M. Francisque Michel, Paris, 1834, vers 3555 et 3567.)

        « Et la fist avoir la toison
        » Par son art et par sa *poison*. »

(*Roman de la Rose,* poëme du treizième siècle, publié par M. Méon
    Paris, 1814, T. II, vers 13453.)

        Puis a trait fors de la *poison*
        Qu'il avait emblée au paumier
        A son saingnor en fist mangier.

    (*Roman du Renart*, poeme du treizième siècle, publié pa
      M. Méon, Paris 1826, T. II, vers 19702).

Montaigne écrit . « Une *poison* puissante. »
    « Malheureux fut le jour, le mois et la saison
    » Que le cruel amour ensorcela mon âme,
    » Versant dedans mes yeux, par les yeux d'une dame,
    » Une trop dangereuse et mortelle *poison*. »
      (Desportes, les *Amours de Diane,* Liv. Ier, Sonnet XL.)
    « D'où s'est coulée en moi cette lâche *poison*. »
            (Malherbe, *Poésies.*)

(2) Monet, *Inventaire des deux langues françoise et latine,* ortho
graphie ainsi le mot *esquelette* et cite la phrase suivante : « Tu m
» sembles mieux une *esquelette* qu'un homme vivant. »

(3) Nicot, dans son *Grand dictionnaire françois-latin*, et Cot
grave, dans son *Dictionnaire françois-anglais,* London, 1632, écri
vent *trafique* et indiquent ce substantif comme appartenant au genr
féminin.

Peletier , *Dialogue de l'ortografe et prononciation françoise*
Potiers, 1550, pag. 92, dit aussi : « La *trafique* qu'ont les François ave
« toutes les nations. »

Mots féminins d'après le langage grammatical de nos jours.		Mots masculins d'après le langage rustique et l'orthographe ancienne.
	Fourmi (1).	
	Période (2).	
	Idole (3).	
	Erreur (4).	
	Etude (5).	

---

(1) Nicot, Monet, Cotgrave et Rochefort (*Dictionnaire général et curieux,* Lyon, 1685), assignent à ce mot le genre masculin. Montaigne dit également dans ses *Essais*, Liv. II, Chap. XII : « Il vit des fourmis « partir de leur fourmilière portant le corps d'un *fourmis* mort. »

Les paysans prononcent un *fremi*. Cotgrave mentionne ce mot dans son dictionnaire. On dit aussi *fremi* pour *fourmi* dans le patois bourguignon.

(2) Peletier (Jaques), *Dialogue de l'ortografe et prononciation françoise,* Poitiers 1550, pag. 137, emploie ce mot au masculin : « Ce *période* universel. »

(3) La Fontaine, Fable VIII, Liv. IV, donne à ce substantif le genre masculin :

> « Jamais *idole,* quel qu'il fut,
> » N'avait eu cuisine plus grasse...
> » Il vous prend un levier, met en pièces l'*idole,*
> » Le trouve rempli d'or. »

Pierre Corneille a dit :

> « Et Pison ne sera qu'un *idole* sacré,
> » Qu'ils tiendront sur l'autel pour répondre à leur gré. »

Ce mot est depuis longtemps féminin d'après le langage grammatical ; un usage vicieux a prévalu sur l'étymologie.

(4) Ce substantif est masculin dans Rabelais et dans Nicot.

(5) « C'est un vain *estude* qui veut : mais qui veut aussi ; c'est un » *estude* de fruit et estimable et le seul *estude,* comme dict Platon, » que les Lacédémoniens eussent réservé à leur part. » (MONTAIGNE, Liv. Ier, Chap. XXV.) « Oh ! le vilain et sot *estude,* d'estudier son ar- » gent, se plaire à le manier, poiser, et recompter! » (Même auteur, Liv. III, Chap. IX.) Rabelais (*Gargantua,* Liv. Ier, Chap. XXIX), emploie aussi ce mot au masculin. Nicot donne à ce substantif le genre masculin, lorsqu'il signifie le lieu où se tiennent les clercs d'un officier minis-

Offre (1).
Tige (2).
Rouille (3).

Ces exemples éclairent suffisamment le sujet de ces
recherches. Je n'ai pas eu l'intention de désigner
tous les substantifs dont le genre diffère dans le langage rustique et dans le langage grammatical, j'ai
voulu seulement signaler l'existence de ce fait et
fournir à l'appui les preuves qui servent à le constater.

---

tériel, et le genre féminin, lorsqu'il désigne le temps consacré aux études
scolastiques.

(1) Monet, *Abrégé des parallèles des langues françoise et latine,*
Paris, 1635, donne cet exemple : « accepter l'un des deux offres
faits. »
Antoine Oudin dit dans sa *Grammaire françoise,* pag. 69, que le
mot *ofer* est d'un genre douteux, mais qu'il est mieux de l'employer
au masculin.

(2) Monet, *Inventaire des deux langues françoise et latine,*
et Cotgrave, *Dictionnaire françois-anglois,* désignent ce substantif
comme appartenant au genre masculin. Montaigne, Rabelais et Ronsard lui donnent aussi ce genre.

(3)   « Viendra jamais le temps
          » Que le *rouil* mangera les herbes émoulées. »
                    (VAUQUELIN DE LA FRENAY, *Art poétique.*)

Antoine Oudin indique dans sa grammaire, pag. 69, ce substantif
comme appartenant au genre douteux c'est-à-dire masculin et féminin.

II

DE L'ARTICLE

Les paysans élident l'*e* sans accent de l'article masculin *le*. Peu importe que cet article se trouve suivi d'un mot commençant par une consonne ou par une voyelle. Exemples : *l'adjoint, l'bedeau, l'curé, l'doyen, l'enfant, l'fumier, l'gillet, l'homme, l'hangard* (1), *l'ivrogne, l'jupon, l'logement* (2), *l'marteau, l'pays, l'quart, l'rabat, l'soleil, l'tableau, l'usage, l'vétérinaire.* On sait que le retranchement de l'*e* dans l'article *le* n'a lieu, selon les règles de la grammaire, que si le mot suivant commence par une voyelle ou une *h* muette.

Je n'ai pas d'observation à faire sur l'article féminin *la* ; les règles qui concernent l'emploi de cet article sont suivies dans le langage rustique de même que dans le langage grammatical.

Les paysans disent *lé* pour *les*.

(1) Voyez lettre n, pag. 21.

(2) Les gens de campagne appuient fortement sur les deux *ll*.

Au, aux, du, des, sont pour *à le, à les ; de le, de les.*
Ces contractions s'observent également dans le langage rustique.

D'après la grammaire on met *de l'* toutes les fois
que l'initiale du mot suivant est une voyelle ou une *h*
muette. Par exemple de *l'argent,* de *l'honneur.* Dans le
langage rustique la contraction de ces mots *de le*
est encore plus marquée ; en effet nos paysans disent
d'l'argent, d'l'honneur, pour de *l'argent,* de *l'honneur.*

III

DES ADJECTIFS

Dans le langage rustique l'adjectif *grand*, quand il précède le substantif, reste le même au masculin et au féminin, par exemple les paysans disent la *grand' rue*, la *grand'montagne*, une *grand'tabe* (table) (1);

---

(1) La même règle était suivie dans les divers écrits qui remontent aux temps anciens de la langue française.

« Moult est li rois de *grand* justice. »
(*Roman du Renard,* publié par M. Méon, Paris, 1826, T. II, vers 14793.)

« Longuement fut a oroison
» Et fut en *grant* afliction. »
(Même poëme, vers 14,809.)

« De son cuer fist l'iave (l'eau) monter,
» Parmi ses iex (yeux) a *grant* destreche
» Et une *grant* larme, » etc.
(*Fabliaux et Contes du onzième siècle,* publiés par Barbazan, T. Ier, pag. 236.)

« *Grant* grace nous fist notre seigneur de Damiete. » (JOINVILLE, *Histoire de saint Louis,* pag. 35.)

« Et es (aux) vieilles gens viennent fièvres de *grant* ardeur. »
(PIERRE DE CRESCENS, *Le livre des proufitz champestres et ruraux.* imprimé à Paris, en 1532, fol. 2.)

mais lorsque cet adjectif est séparé du substantif ou qu'il est placé à la suite de ce dernier, l'adjectif reste alors dans la classe ordinaire et s'accorde avec le

« Je dois chacun en grant raison. »
(*Kalandrier des bergiers*, imprimé à Paris par Guiot, en 1 91, in-4º).

« Ce nonobstant paru qu'une *grand* suite,
» De gens armés était par lui conduite,
» Qui, au-devant de son frère marchant,
» De leur *grand* flotte avoient couvert les champs. »
(Sevole de Sainte-Marthe, *Poésies mélées*, Liv. Iᵉʳ, édition de Poitiers, 1573, T. II, pag. 47.)

« C'est louer en son œuvre,
» C'est excellent ouvrier,
» Qui a fait le chef-d'œuvre
» De l'univers entier.
» Qu'user à *grand* largesse
» Des grands biens qu'il nous fait,
» Pour bénir sa hautesse
» De parole et de fait. »
(Même poëte, pag. 113.)

« Et sachant qu'un *grand* povreté,
» Ce mot dit communément,
» Ne gist pas trop *grand* loyauté. »
(Villon, *Poésies*.)

« Je l'aurois pour une *grand* feste. »
(Saint-Gelais. *Poésies*.)

« Ces deux tyrans, sur la vie des hommes,
» Toujours ont eu et auront *grant* puissance. »
(Clément Marot, Opuscules XII, *Douleur et Volupté*.)

Théodore de Bèze, qui écrivait au seizième siècle, fait observer que le retranchement de l'e muet de l'adjectif féminin *grande* avait lieu de son temps, et que l'on prononçait une *grand* besogne, une *grand* chose, une *grand* femme. (*De Linguæ franciæ recta pronunciatione tractatus*, pag. 83.)

On lit ce qui suit dans la dernière édition du *Dictionnaire de l'Académie française* (1835) : « *Grande* placé devant un substantif » féminin qui commence par une consonne, perd quelquefois l'e dans » la prononciation et même dans l'écriture, et l'on marque ce retran- » chement par une apostrophe, comme dans ces phrases : *A grand'*- » *peine; faire grand'chose; c'est grand'pitié, ce n'est pas grand'*-

substantif; par exemple les paysans disent : *la fiyeu*
(fille) a douze ans, *al* (elle) est *ben* (bien) *grande* pour
son âge. Cette règle était observée dans notre ancienne orthographe (1). — Les paysans disent *gros*
pour *grand*, par exemple : *gros Seigneur, grosse qualité, grosse considération, gros honneur, grosse réputation,* pour *grand Seigneur, grande qualité, grande
considération, grand honneur, grande réputation* (2).

Ils disent aussi *segret* pour *secret.* Telle était ,
autrefois , l'orthographe de cet adjectif (3).

» *chose; la grand'chambre ; la grand'messe ; il hérite de sa grand'-*
» *mère, de sa grand'tante.* »
Dans le langage rustique le retranchement de cet *e* ainsi placé a
toujours lieu ; d'après le *Dictionnaire de l'Académie* cet *e* ne se perd
que quelquefois. La règle générale admise dans le langage rustique
nous semble avoir pour elle le bon sens et la raison.

(1) Voyez la note ci-dessus. On lit dans le *Livre des proufitz cham-
pêtres et ruraulx,* cité ci-dessus : « Et s'il advient que cette eau soit
» *grande* et querre fort par la force de son cours, ce qui est meslé en
» elle est converti en la nature et que de son fil elle tend et querre
» vers Orient, c'est la meilleure des eaux. » Jean Palsgrave, dans
l'Éclaircissement de la langue françoise, publié à Londres, en 1530,
et dont M. Génin a donné une édition qui fait partie de la collection
des *Documents inédits sur l'histoire de France,* me fournit, pag. 61
et 329, les exemples que voici :
        « Oront regné en *grant* prospérité,
        » Par maintenir justice et équité. »
« La chaleur estait si *grande* que toutes les rivières du pays se
asseichèrent. »

(2) Cet usage de substituer l'adjectif *gros* à l'adjectif *grand,* existait
même à la cour, vers la fin du dix-septième siècle; c'est ce que nous
apprend l'auteur de l'ouvrage intitulé : *Des mots à la mode et des
nouvelles façons de parler,* Paris, in-12, 1693, pag. 26.

(3)   » Ici l'air gracieux et les ombres *segreites,*
        » Témoignent aujourd'hui leurs vieilles amourettes. »
                BAIF, *Poésies au seigneur Sorel.*

Ils emploient *veuve* pour le masculin et le féminin au lieu de *veuf* et *veuve ;* on les entend dire indistinctement *un homme veuve, une femme veuve.* Un mari s'exprime ainsi : je suis *veuve* de ma femme (1). Ils emploient *sain* et *sauve* pour *sain* et *sauf* (2).

L'expression *segret* se lit aussi dans Jacques Peletier : *Dialogue, de l'orthographe et prononciation françoise,* Poitiers, 1550, pag. 36.

Delaporte, dans son ouvrage intitulé : *les Epithètes,* Paris, 1571, pag. 242, écrit *secret* ou *segret.* On rencontre aussi dans Palsgrave, pag. 268, *segret* et *segrette.*

(1) Je trouve, dans le *Messagier de Paris,* traité de morale et d'économie domestique composé vers la fin du quatorzième siècle et publié en 1846 par la Société des bibliophiles français, le passage suivant dans lequel *veuve* est mis pour *veuf :* « *Nota* que pour ce qu'ils estoient » *vefves,* ils espouseront bien matin en leurs robes noires et puis se » vestirent d'autres. (T. II, pag. 123.) »

Le mot *veufve* est également indiqué comme appartenant au genre masculin et au genre féminin dans les ouvrages dont voici les titres :

Dictionnaire ou *vocabulaire latin-français,* publié par Louis Garbin, à Genève, en 1487, petit in-4° : *viduatus, ta, tum, vefve.*

Vocabularius breviloquus, petit in-4°, publié à Paris par Jehan Herouf, en 1528 : *viduatus, ta, tum,* ou *viduus, a, um, vefve.*

Epithoma vocabulorum de Guillaume de Villedieu, publié à Caen par Michel Augier, en 1529, in-4° : *viduus, a, um, relict delaissé veufve ; viduo, as, avi, faire veufve quand la mort prent lung ou lautre.*

(2) On lit dans l'*Epithoma vocabularum,* précédemment cité, *salvus, a, um, sain en bon point, en santé ou saulve,* et dans le *Thesorus omnium vocorum latinarum* de Guillaume Morel, Paris, 1622 : *salvus, salva, salvum, sain, sauve, échappé, hors de danger.* Pierre de la Rivey, *Traduction des facétieuses nuits de Straparole,* Paris, 1573, s'exprime ainsi : « Priait incessemment Dieu qu'il lui plust » lui renvoyer son mari *sain et sauve.* »

IV

DES NOMS DE NOMBRE

Les paysans disent *in*, prononcé comme dans voisin, ou *eunc, deus* (1), *trois, quate* (2), *tréze, séze* (3), *quateurvin* (4), et ainsi de suite jusqu'à cent, au lieu de *un* ou *une, deux, trois, quatre, treize, seize, quatre-vingts*.

On lit dans *l'Art de prononcer parfaitement la langue française*, Paris, 1696, T. II, p. 746 : « Vous devez remarquer que l'*x* finale de ces mots *deux, six* et *dix*,

---

(1) Au treizième siècle, on écrivait *deux* par un *s*. Les auteurs de cette époque fournissent de nombreux exemples de cette orthographe. (FALLOT, *Recherches sur la langue françoise*, pag. 205 et 208.) Dans les pièces françaises, d'entre 1250 et 1300, publiées par Rimer et dans les poésies de Marie de France, écrites vers la même époque, la forme *deus* est presque exclusivement employée.

(2) Ceci est conforme à la règle de prononciation indiquée pag. 24.

(3) Fallot, pag. 203 et 204, signale ces formes comme appartenant au langage de Bourgogne du treizième siècle.

(4) Ce point est en rapport avec la règle posée pag. 26.

se prononce de trois manières, savoir comme une double *ss*, quand ces mots sont seuls ou employés relativement, qu'il est muet quand ces mots sont suivis de substantifs commencés par une consonne, et qu'il se prononce comme *z* quand il est suivi d'un substantif commencé par une voyelle ou une *h* muette. Prononcez donc *si pome, si couto, diz orange, deuz omes,* etc., pour *six pommes, six couteaux, dix oranges, deux hommes.* » Telle était la règle de prononciation suivie au dix-septième siècle, règle que nos paysans observent encore.

V

DES PRONOMS

I. — DE L'ÉLISION DE L'*E* MUET DANS *JE*.

Les paysans suppriment la voyelle finale du pronom de la première personne du singulier *je*, soit que c pronom précède immédiatement le verbe, soit qu'il se trouve placé devant l'un des pronoms *me, te, vous, le, la, les, leur*. Ainsi ils disent *j'fane, j'remplace, j'conduis, j'me fâche, j'vous voi, j'lui* ou *j'li palrai*, pour *je fane, je remplace, je conduis, je me fâche, je vous vois, je lui parlerai*, etc.

Les paysans emploient le pronom *je* pour *nous* à la première personne du pluriel des verbes. Ainsi ils disent : *j'allons, j'avons*, pour *nous allons, nous avons* (1), *j'vons, j'viendrons*, pour *nous allons, nous viendrons*. Pour les paysans, *nous* est d'un usage exceptionnel.

---

(1) C'est ainsi que l'on parlait au temps de François 1er et à la cour de Henri III. En effet, on trouve dans une lettre de François 1er à

II. — DU PRONOM *TU* ET DE L'ÉLISION DE L'*U* DANS CE PRONOM.

Dans le langage rustique le pronom *tu* placé devant un mot commençant par une consonne se prononce ainsi qu'il s'écrit régulièrement. Par exemple : *tu viens, tu vois.*

Mais, devant une voyelle, les paysans élident l'*u* du pronom et unissent le *t* à la syllabe suivante avec laquelle il n'en forme plus qu'une seule , par exemple *t'aime* pour *tu aimes*, *t'é* pour *tu es* (1).

M. de Montmorency, rapportée à la suite de la correspondance de Marguerite d'Angoulême, reine de Navarre, T. I⁰ʳ, pag. 467, ce passage remarquable : « Le cerf nous a menés jusqu'au tartre (tertre) de Dumigny. » J'*avons* espérance qu'y fera beau temps sur ce que disent les étoiles » que j'*avons* eu très bon loisir de voir. »

Henri Étienne, qui écrivait au seizième siècle, note aussi ce solécisme comme se faisant de son temps, et, à cet égard, il s'exprime en ces termes dans ses *Dialogues du nouveau langage françois italianisé :*

> » Pensez à vous, ô courtisans,
> » Qui lourdement barbarisans,
> » Toujours j'allions, je venions dites...

» Ce sont les mieux parlants qui prononcent ainsi : *j'allions, je* » *venions, je dinons, je soupons.* »

L'auteur de l'*Art de prononcer parfaitement la langue françoise,* publié à Paris en 1696, dit également, T. II, pag. 781, que ce mode de prononciation, *j'avons, je ferons, je dirons,* était si généralement employé vers la fin du seizième siècle, que les gens les plus distingués ne parlaient guère autrement dans le langage familier. Il n'est donc pas extraordinaire que cette forme contracte se soit conservée toute entière dans le langage de nos campagnes.

(1) Fallot, dans ses *Recherches sur les formes grammaticales de la langue françoise et de ses Dialectes au treizième siècle,* fait ob-

III. — DES PRONOMS *IL, ILS; ELLE, ELLES.*

Dans le langage rustique on emploie pour le sujet masculin de la troisième personne du singulier et du pluriel *i* devant une consonne et *il* devant une voyelle; exemples : *i fait, i font* pour *il fait, ils font, il a, il on* (1) pour *ils ont.* Ce mode d'articulation des pronoms de la troisième personne remonte aux premiers temps de notre langue (2); il existait encore, sous le règne de Henri IV, même à la cour. C'est, au reste, ce que nous affirment les grammairiens de cette époque (3).

Pour le sujet féminin de la troisième personne du singulier et du pluriel, les paysans se servent de *al* (4), par exemple *al dit, al font, al est, al sont,* ou simple-

---

server, pag. 247, que la voyelle du pronom *tu* se trouve quelquefois élidée devant une autre. Il cite l'exemple suivant qui est tiré des *Fabliaux inédits,* T. Ier, pag. 89 : *t'as volu* pour *tu as voulu.*

(1) On dit aussi : *iz on,* mais c'est là le langage recherché et employé seulement par les gens de campagne qui ont reçu un commencement d'instruction, et qui raffinent un peu sur la langue.

(2) Fallot, ouvrage cité ci-dessus, pag. 248, et M. Génin, des *Variations du langage français,* pag. 479.

(3) ROBERT POISSON, *Alphabet nouveau de la vrée et pure ortografe francoize et modéle sur icelui en forme de dixionére,* Paris, 1609.

(4) Dans quelques localités des environs de Paris on employe au singulier *a* devant une consonne, et *al* devant une voyelle; par exemple : *a vint, al ira,* pour *elle vient, elle ira.*

ment *a* pour *elle dit, elles font, elle est, elles sont* (1).

Les paysans emploient pour régime indirect des verbes *y* (2) et *yeu* ou *leu* au lieu de *lui* et *leur;* ainsi ils disent *j'y donnerai* pour *je lui donnerai, j'leu prendrons* pour *nous leur* prendrons (3).

Quant au régime direct des verbes, les formes *le, les,* sont également en usage dans le langage rustique; la différence n'est relative qu'à la prononciation. En effet, les paysans disent *lé* pour *les.*

---

(1) Cette forme, qui appartient au langage bourguignon, se retrouve dans les monuments les plus anciens de notre langue; on la rencontre dans les sermons de saint Bernard, qui, comme on le sait, datent du douzième siècle.

(2) *Y* est une contraction de *li,* qui, à son tour, en est une de *lui.* Cette forme *li* remonte aux temps primitifs de notre langue; elle se trouve dans le serment des soldats de Charles le Chauve, qui date du neuvième siècle, et dans les lois de Guillaume le Conquérant qui appartiennent au onzième siècle. (M. DE CHEVALLET, *Origine et formation de la langue françoise,* pag. 84, 120 et 121.)
On écrivait aussi *li* pour *lui* au quatorzième siècle.
  « Avant qu'ils puissent être à *ly.* »
(*Le Chemin de povreté et de richesse,* poëme composé en 1452, par JEAN BRUYANT, et imprimé dans le *Menagier de Paris,* T. II, pag. 4 et suiv.)

(3) Cette prononciation de *leu* pour *leur* est très-ancienne. L'auteur d'un ouvrage que j'ai déjà cité, l'*Art de prononcer parfaitement la langue françoise,* publié à Paris, en 1696, signalait, pag. 718, cette façon de parler comme fort ordinaire de son temps et la condamnait également comme vicieuse.

IV. — DES PRONOMS POSSESSIFS.

Mes observations portent seulement sur la prononciation de quelques pronoms possessifs. En effet, les paysans prononcent *mé*, *té*, *sé*, pour *mes*, *tes*, *ses*. Dans la prononciation de *notre*, *votre*, ils changent *tre* en *teur*, quand le mot qui suit le pronom commence par une consonne et *tre* en *te*, quand il commence par une voyelle, par exemple ils disent *Noteur-Dame* pour *Notre-Dame*, *noteur père* pour *notre père*, *voteur cousin* pour *votre cousin*, *note ami* pour *notre ami*, *vot ouvrage* pour *votre ouvrage*.

Les paysans prononcent *nôt*, *vôt* pour *nôtre*, *vôtre*.

Ils disent *l'mien*, *l'quin*, *la quienne*, pour *le mien*, *le tien*, *la tienne*. Telle est, à l'égard de ces derniers mots, la règle de prononciation indiquée pag. 28.

V. — DES PRONOMS DÉMONSTRATIFS ET RELATIFS.

Les paysans disent *sui* (1), pour *celui*, *ceus* (2) ou *ceuz* pour *ceux*, *cé* (3) pour *ces*, *ça* pour *cela*.

---

(1) *Sui* est une contraction de *celui*, *cestui*, qui, tous deux, appartiennent au langage de Bourgogne. (FALLOT, *Recherches sur la langue françoise au treizième siècle*, pag. 296.)

(2) Dans ce mot la consonne *s* se fait entendre avec un long sifflement.

(3) Ce mot appartient aussi au langage bourguignon. (Voyez *Glos-*

Ils prononcent *l'queul, laqueul, léqueul*, pour *lequel, laquelle, lesquels*. Mais , devant une consonne, ils se servent de *queu* ou *qué* pour le masculin et le féminin au lieu de *quel, quelle*.

Les paysans font usage de ces expressions : *moi qui a* pour *moi qui ai; c'est moi qui l'a dit* pour *c'est moi qui l'ai dit. C'est nous qui ont fait* pour *c'est nous qui avons fait; c'est nous qui sont venus* pour *c'est nous qui sommes venus*. Ils employent *que* pour *dont* et disent : *L'homme que je parle* pour *l'homme dont je parle; l'outil que je me sers* pour *l'outil dont je me sers*.

---

saire à la suite des *Noëls bourguignons,* de Bernard de la Monnoye, édition de Paris, 1847, pag. 265.)

VI

DES VERBES

I. — AVOIR.

Conjugaison grammaticale.   Conjugaison rustique.

INDICATIF

PRÉSENT.

J'ai.	J'ai.
Tu as.	T'a.
Il a.	Il a.
Nous avons.	J'ons ou j'avons (1).
Vous avez.	Vous avez.
Ils ont.	Iz ont ou il ont (2).

---

(1) Voyez pag. 47, note 1.

(2) Cette forme *il ont*, se retrouve au treizième siècle. (FALLOT, *Recherches sur les formes de la langue française*, pag. 470.)

5 *

IMPARFAIT.

J'avais.	J'avais.
Tu avais.	T'avais.
Il avait.	Il avait.
Nous avions.	J'avions ou j'aviens (1).
Vous aviez.	Vous aviez.
Ils avaient.	Ils avient ou 'il avient.

PASSÉ DÉFINI.

J'eus, etc.	(N'est pas usité dans le langage des paysans).

PASSÉ INDÉFINI.

J'ai eu.	J'ai évu ou j'ai éu (2).

---

(1) *Noz aviens* était aussi employé au treizième siècle dans le langage de Bourgogne. (FALLOT, *même ouvrage*, pag. 477.)

(2) « Pourquoi, » dit M. Génin, des *Variations du langage français*, pag. 116, « le *v* d'*avoir*, qui représente le *b* d'*habere*, disparaît-
» il au participe *eu?* et pourquoi le participe est il monosyllabique
» quand l'infinitif est de deux syllabes? Originairement cette irrégula-
» rité n'existait pas car on prononçait *évu*. »

Ce participe se trouve écrit ainsi dans le *Roman de Rou*, poëme du douzième siècle :

« E si n'as nul enfant *ue*. »
(Vers 10900.)

Et dans la *Chanson de Roland*, du treizième siècle, strophe CCLVI vers 3 :

« Dist l'amiraill : — Jangleu, venez avant,
» Vos estes proz e vostre savoir est grant,
» Vostre conseillai oc *évud* tuz tens... »

On lit dans le *Roman de la Violette*, en vers du treizième siècle, par GILBERT DE MONTREUIL, publié par M. Francisque Michel, les passages suivants :

« Que si lonc tant avés *éu*. »
Vers 2382.

Tu as eu.   T'a évu.
Il a eu.   Il a évu.
Nous avons eu.   J'ons évu ou j'avons évu.
Vous avez eu.   Vous avez évu.
Ils ont eu.   Iz ont évu.

» Molt en a grant paour *éu* »
(Vers 2943.)

« Quel siècle il avait puis *éu*,
» K'il ne l'avait a court *évu*. »
(Vers 6162.)

« C'onques de ly n'ot *éu* part. »
(Vers 6252.)

« Gerars a souvent rechité
» As bourgeois le mal c'ot *éu*,
» Puisqu'il ne l'avoient *véu*. »
(Vers 6602.)

« Ahi! ahi! Diex, roi de gloire,
» Tant vous *ai éu* en mémoire. »

Rutebeuf, T. II, pag. 79 de ses œuvres, publiées par M. Jubinal.

Le participe *eu* forme aussi deux syllabes dans le *Roman du Re-nard*, poëme du treizième siècle, et notamment dans les vers 12775, 13723 et 17295.

M. Onésime Leroy qui, dans son *Histoire comparée du théâtre et des mœurs en France,* T. 1er, pag. 171, a analysé les recueils de drames du quatorzième siècle intitulés : *Mystères de Notre-Dame,* cite, entre autres fragments de la pièce qui a pour titre : le *Baptême de Clovis,* ce passage remarquable. Clovis dit, en s'adressant à Clo-tilde, qui vient de donner le jour à Clodomir :

« Dame je vous viens voir cy,
» Pour savoir de votre portée,
» Comment vous estes deportée,
» Et quel enfant vous avez *éu,*
» Et s'il est taillé ne *méu*
» De vivre, Dame. »

La prononciation du participe passé *éu,* en deux syllabes, se faisait encore distinguer même au dix-septième siècle, ainsi que l'atteste Vau-gelas dans ses *Remarques sur la langue françoise,* publiées en 1663.

PASSÉ ANTÉRIEUR.

J'eus eu.

(N'est pas usité dans le langage des paysans).

PLUSQUE-PARFAIT.

J'avais eu.	J'avais évu ou éu.
Tu avais eu.	T'avais évu.
Il avait eu.	Il avait évu.
Nous avions eu.	J'avions ou j'aviens évu.
Vous aviez eu.	Vous aviez évu.
Ils avaient eu.	Iz ou il avient évu.

FUTUR.

J'aurai.	J'aurai ou j'arai (1).
Tu auras.	T'aura ou t'ara.
Il aura.	Il aura ou il ara.

« Ce mot, » dit cet auteur, pag. 215, « du prétérit parfait d'*avoir ; J'ai
» *eu, tu as eu,* etc., n'est qu'une syllabe qui est une des diphthongues
» de notre langue, néanmoins plusieurs font cette faute de prononcer
» *eu* en faisant de chaque lettre une syllabe, comme si l'on écrivait
» *eü,* avec deux points, pour en faire deux syllabes. »

Ainsi *éu* ou *évu* subsistait encore au dix-septième siècle dans la
bouche des lettrés, témoin ce vieux couplet cité par Ménage :

> « Comtesse de Cursol,
> » La, ut, ré, mi, fa, sol,
> » Je veux mettre en musique
> » Que vous avez *éu,*
> » La, ré, mi, fa, sol, u,
> » Plus d'amants qu'Angélique. »

(1) L'emploi de ces formes, *j'arai, j'arais,* et des autres semblables
pour les différentes personnes du futur et du conditionnel, se fait surtout remarquer dans les parties de l'ancienne Ile-de-France qui se
trouvent plus rapprochées de la Bourgogne ou de l'Orléanais.

Nous aurons.	J'aurons ou j'arons.
Vous aurez.	Vous aurez ou vous arez.
Ils auront.	Iz ou il auront, ou auront.

FUTUR ANTÉRIEUR.

J'aurai eu.	J'aurai ou j'arai évu ou éu.
Tu auras eu.	T'aura ou t'ara évu.
Il aura eu.	Il aura ou il ara évu.
Nous aurons eu.	J'aurons ou j'aron évu.
Vous aurez eu.	Vous aurez ou vous aré vu.
Ils auront eu.	Iz auron ou arou évu.

CONDITIONNEL

PRÉSENT.

J'aurais.	J'aurais ou j'arais.
Tu aurais.	T'aurais ou t'arais.
Il aurait.	Il aurait ou il arait.
Nous aurions.	J'aurions, j'auriens ou j'ariens (1).
Vous auriez.	Vous auriez ou vous ariez.
Ils auraient.	Iz auraient, aurient ou arient.

PASSÉ.

J'aurais eu.	J'aurais évu.
Tu aurais eu.	T'aurais évu.
Il aurait eu.	Il aurait évu.

FALLOT, pag. 477 de l'ouvrage précité, signale ces formes comme appartenant au langage de Bourgogne du treizième siècle. Dans les cantons voisins de la Normandie, les paysans se servent généralement des formes *j'aurai, j'aurais,* et autres du futur et du conditionnel, en donnant à la syllabe *au* une prononciation longue et traînante.

(1) Cette expression appartient aussi au langage de Bourgogne du treizième siècle. (FALLOT, pag. 477.)

Nous aurions eu.

Vous auriez eu.

Ils auraient eu.

J'aurions ou j'auriens évu.

Vous auriez évu.

Iz auriont ou aurient évu.

IMPÉRATIF.

Aye.

Ayons.

Ayez.

Aye.

Ayons.

Ayez.

SUBJONCTIF

PRÉSENT.

Que j'aie.

Que tu aies.

Qu'il ait.

Que nous ayons.

Que vous ayez.

Qu'ils aient.

Que j'aye.

Que t'ayes.

Qu'il aye.

Que j'ayens.

Que vous ayez.

Qui zayent.

IMPARFAIT.

Que j'eusse, etc.

(N'est pas usité dans le langage des paysans.)

PASSÉ.

Que j'aie eu.

Que tu aies eu.

Qu'il ait eu.

Que nous ayons eu.

Que vous ayez eu.

Qu'ils aient èu.

Que j'aye évu.

Que t'ayes évu.

Qu'il aye évu.

Que nous ayens évu.

Que vous ayez évu.

Qui zayent évu.

PLUSQUE-PARFAIT.

Que j'eusse eu.   (N'est pas employé dans le langage des paysans.)

INFINITIF

PRÉSENT.

Avoir.   Avouér.

PASSÉ.

Avoir eu.   Avouér évu ou éu.

PARTICIPE

PRÉSENT.

Ayant.   Ayant.

PASSÉ.

Eu.   Evu ou éu.

PASSÉ COMPOSÉ.

Ayant eu.   Ayant évu ou éu.

II. — ÊTRE.

Conjugaison grammaticale.	Conjugaison rustique.
—	—

INDICATIF

PRÉSENT.

Je suis.	J'sui.
Tu es.	T'è.
Il est.	Il est.
Nous sommes.	J'sommes ou nous sons (1).
Vous êtes.	Vous êtes.
Ils sont.	I sont.

IMPARFAIT.

J'étais.	J'étais.
Tu étais.	T'étais.
Il était.	Il était.
Nous étions.	J'étions ou j'étiens (2).

---

(1) On lit dans les *Fabliaux et contes,* publiés par Barbaran, T. IV, pag. 120, le passage suivant :

> « Puisque nous *sons* en bone marche,
> » Pensons de si marchéander,
> » C'on ne nous puisse demander,
> » Nule rie au jor du juise (jugement)
> » Seignor, dist-il, nous *sons* lobé (trompés). »

Voyez ci-dessus pag. 47.

(2) FROISSARD, dans ses chroniques, édition publiée par Buchou, T. VI, pag. 299, *Variante,* s'exprime ainsi : « Se nous *étiens* dela

Vous étiez.   Vous étiez.

Ils étaient.   Il étiont ou il étient.

PASSÉ DÉFINI.

Je fus, etc.   (N'est pas usité dans le langage des paysans).

PASSÉ INDÉFINI.

J'ai été.   J' sui été.

Tu as été.   T'a été.

Il a été.   Il a été.

Nous avons été.   J'somme ou j'son été.

Vous avez été.   Vous êtes été.

Ils ont été.   I son été (1).

» celle rivière de Rin, jamais ne le *pourriens* repasser que nous ne
» *fussiens* tous mors et pris. »

» Quant ils ont sceu que nous en *estiens* advertis. » (*Histoire de
Metz*, Preuves, T. V, p. 207.)

Fallot, qui, pag. 473, de ses *Recherches sur la langue françoise
au treizième siècle*, donne la conjugaison du verbe substantif *être*,
telle qu'elle existait dans les formes de la langue de Bourgogne,
vers 1240, note, comme faisant, à la première personne du pluriel de
l'imparfait de l'indicatif, *noz estienz* ou *nos estiens*. Il est curieux de
retrouver cette forme dans le langage de nos campagnes où elle n'a
pas varié et où elle existe depuis plus de sept ou huit siècles.

(1) Brantôme a dit : « Aulcuns les ont fort approuvés et *sont estez*
» d'avis d'an user, d'autres non. » (*Discours sur les duels*, pag. 1.)
» Ceus et les premiers qui ont mis les camps clos et combats à
» outrance en leurs plus grandes vogues *sont estez* les Danois et les
» Lombards. » (Même discours, pag. 2.) « Car ne faut point doubter
» que si la chose ne *feust esté* un peu doubteuse en ce combat que le
» dit baron n'eut fait brusler son homme ainsi qu'il avait raison. »
(Même discours, pag. 11.) « Le refus en *feut été* trop ingrat. » (Même
ouvrage, pag. 23, note.)

PASSÉ ANTÉRIEUR.

J'eus été.

(N'est pas usité dans le langage des paysans).

PLUSQUE-PARFAIT.

J'avais été.	J'avais été.
Tu avais été.	T'avait été.
Il avait été.	Il avait été.
Nous avions été.	J'avions été.
Vous aviez été.	Vous aviez été.
Ils avaient été.	Il aviont été (1).

FUTUR.

Je serai.	J's'râi.
Tu seras.	Tu s'ras.
Il sera.	I s'ra.
Nous serons.	J's'rons.
Vous serez.	Vous s'rez.
Ils seront.	I s'ront.

----

(1) Voici une autre forme du plusque-parfait :

J'étais été.
T'étais été.
Il était été.
J'étions ou j'étiens été.
Vous étiez été.
Il étion ou il étien été.

Cette forme, beaucoup plus ancienne que la précédente, est cependant fort peu employée. On ne la rencontre que dans quelques villages du Gatinais et de la Brie, et encore on peut la considérer comme une locution exceptionnelle.

FUTUR ANTÉRIEUR.

J'aurai été.	J's'rai été.
Tu auras été.	Tu s'ras été.
Il aura été.	I s'ra été.
Nous aurons été.	J's'rons été.
Vous aurez été.	Vous s'rez été.
Ils auront été.	I s'ront été.

CONDITIONNEL

PRÉSENT.

Je serais.	J's'rais.
Tu serais.	Tu s'rais.
Il serait.	I s'rait.
Nous serions.	J's'rions ou j's'riens (1).
Vous seriez.	Vous s'riez.
Ils seraient.	I s'riont ou i s'rient.

PASSÉ.

J'aurais été.	J's'rais été.
Tu aurais été.	Tu s'rais été.
Il aurait été.	I s'rait été.

---

(1) M. Orell, dans son ouvrage intitulé : *Alt franzœsiche Grammatik (Grammaire du vieux langage français)*, Zurich, 1830, rapporte, pag. 86, le passage suivant du roman de *Dolopatos,* en vers du treizième siècle :

> « Sire, ce dirent les baron,
> » Traîtor desloial *seriens,*
> » Se bon conseils ne vous doniens. »

Cette forme : *noz serienz,* se rencontre dans le langage de Bourgogne du treizième siècle. (FALLOT, pag. 475.)

Nous aurions été. J's'rions ou j's'riens été.
Vous auriez été. Vous s'riez été.
Ils auraient été. I s'riont ou i s'rient été.

Spis. Soué.
Soyons. Souéyons.
Soyez. Souéyez.

SUBJONCTIF

PRÉSENT.

Que je sois. Que je souéye.
Que tu sois. Que tu souéye.
Qu'il soit. Qu'il souéye.
Que nous soyons. Que nous souéyons ou que
   nous souéyens (1).
Que vous soyez. Que vous souéyez.
Qu'ils soient. Qu'ils souéyent.

IMPARFAIT.

Que je fusse, etc. (N'est pas usité dans le langage des paysans).

PASSÉ.

Que j'aie été. Que je souéye été.
Que tu aies été. Que tu souéye été.
Qu'il ait été. Qu'il souéye été.

---

(1) On trouve également *ke noz soyens,* dans les formes de la langue de Bourgogne du treizième siècle. (FALLOT, ouvrage cité précédemment, pag. 474)

Que nous ayons été.	Que nous souéyons été ou que nous souéyens été.
Que vous ayez été.	Que vous souéyez été.
Qu'ils aient été.	Qu'ils soueyent été.

PLUSQUE-PARFAIT.

Que j'eusse été, etc.	(N'est pas employé dans le langage des paysans).

INFINITIF

PRÉSENT.

Être.	Éte.

PASSÉ.

Avoir été	Avouér été.

PARTICIPE

PRÉSENT.

Étant.	Étant.

PASSÉ.

Été.	Été.

PASSÉ COMPOSÉ.

Ayant été.	Ayant été.

Il résulte de la comparaison que je viens de faire entre la conjugaison régulière des verbes auxiliaires

6 ★

avoir et *être*, et la conjugaison de ces mêmes verbes par nos paysans, que ces derniers excluent généralement de leur langage, le passé défini et le passé antérieur de l'indicatif, le futur antérieur, l'imparfait et le parfait du subjonctif.

Régulièrement, le verbe *avoir* sert à conjuguer les temps composés du verbe *être*, comme par exemple, *j'ai été, j'avais été,* etc.; mais nos gens de campagne employent pour la conjugaison de certains temps du verbe *être*, le verbe *être* lui-même. Ainsi ils disent *je suis été* pour *j'ai été,* etc. Telle était, autrefois, comme on le voit pag. 61, note 1, la manière dont on conjuguait ce verbe auxiliaire.

III. — DES TEMPS DE CERTAINS VERBES.

Je crois inutile de reproduire ici des modèles des différentes conjugaisons; jè me propose seulement d'indiquer comparativement les dissemblances qui existent dans certains temps de nos verbes conjugués, d'après les principes de la grammaire, et ceux de ces mêmes temps, conjugués d'après le langage rustique. Ces différences, qui sont plus dans la prononciation que dans la forme, se font remarquer principalement au futur et au conditionnel. Par exemple, quand la syllabe finale qui caractérise le futur ou le conditionnel se trouve précédée d'un *e* inaccentué, les paysans ne prononcent pas cette voyelle, et unissent à cette syllabe caractéristique du temps du verbe la consonne placée devant cet *e* inaccentué. Ainsi ils disent *j'aim'rai* pour *j'aimerai*, *j'perc'rais* pour *je percerais*, *j'veng'rai* pour *je vengerai*. Il y a ici contraction de deux syllabes, *j'aimerai*, *j'percerais*, *j'vengerai*, en une seule, *j'aimrai*, *j'percrais*, *j'vengrai*.

Dans les verbes dont l'infinitif est en *brer*, *crer*, *drer*, *frer*, *grer*, *trer*, *vrer*, les paysans changent au futur et au conditionnel la syllabe *re* en *eur*. Ainsi, ils disent *j'sabeurrai* pour *je sabrerai*, *j'execuerrai* pour *j'exécrerai*, *j'engendeurrai* pour *j'engendrerai*.

Dans les verbes dont l'infinitif est en *bler*, *cler*, *fler*, *gler*, *pler*, les paysans changent au futur et au conditionnel la syllabe *le* en *eul*, par exemple ils disent *j'cribeulrai* pour *je criblerai*, *j'baqueulrai* pour *je bâclerai*, *j'soufeulrai* pour *je soufflerai*, *j'étranguelrai* pour *j'étranglerai*, *j'accoupeulrai* pour *j'accouplerai*.

Nos paysans ne prononcent pas la consonne *r*, placée dans la dernière syllabe de l'infinitif des verbes terminés en *cre*, *dre*, *pre*, *tre*, *vre*; ainsi ils disent : *vainque* pour *vaincre*, *moude* pour *moudre*, *attende* pour *attendre*, *crainde* pour *craindre*, *rompe* pour *rompre*, *admette* pour *admettre*, *éte* pour *être*, *paraite* pour *paraître*, *vive* pour *vivre*.

Les paysans conjuguent ainsi le futur et le conditionnel présent du verbe *laisser*, et disent :

J'lairai	au lieu de	Je laisserai
Tu lairas	—	Tu laisseras
I laira	—	Il laissera

J'lairons	au lieu de	Nous laisserons
Vous lairez	—	Vous laisserez
I lairont	—	Ils laisseront
J'lairais	—	Je laisserais
Tu lairais	—	Tu laisserais
I lairait	—	Il laisserait
J'lairions	—	Nous laisserions
Vous lairiez	—	Vous laisseriez
I lairaient ou i lairiont	—	Ils laisseraient

Ces formes étaient celles employées au moyen âge et jusque vers la fin du dix-septième siècle (1).

---

(1) « Ne jà Danfront ne li *lairra*. »
(Le *Roman de Rou,* poëme du douzième siècle, vers 15860.)

« Ja ne *lairai* por mon travail,
» Que je ne die auchun biel mot. »
(*Roman de la Violette,* en vers du treizième siècle, par GILBERT DE MONTREUIL, publié par M. Francisque Michel, Paris, 1834, vers 22.)

» Cette chanson pas ne *lairai*. »
(*Ibid.,* vers 234.)

« K'il ne *laira* por nuls riens. »
(*Ibid.,* vers 274.)

« Ne *lairai* que tout ne vous die,
» Et ne vous cout ma maladie. »
(*Ibid.,* vers 380.)

« Nous la *lairrons* la pour ce coup. » (MONTAIGNE, *Essais,* Liv. II, Chap. XVII.) « Je *lairrai* purement la coustume ordonner de cette céri-
» monie. » (Même auteur.) « Sera-t-il dit que je demeurerai en crainte
» et en alarme, et que je *lairrai* mon meurtrier se proumener cepen-
« dant à son aise. » (Même auteur.) « En quoi le pape Grégoire trei-
» ziesme *laira* sa mémoire recommandable à longtemps. » (Même auteur, Liv. III, Chap. VI.) « Nous ne la *lairrions* pas troubler à la
» mercy d'un nouvel argument. » (*Idem.,* Liv. II, Chap. XII.)

« Mais je ne te *lairrai*
» Sans chastiment, crois moi, ta beauté j'osterai. »
(DE MASSAC, *Métamorphoses d'Ovide,* en vers françois, Paris, 1603, pag. 29.)

Dans le langage rustique, les verbes terminés en *vrir*, comme *ouvrir*, *découvrir*, *recouvrir*, *entr'ouvrir*, changent au futur et au conditionnel la syllabe *vrir* en *veur*. Ainsi nos paysans disent :

J'ouveurrai (1).	pour	J'ouvrirai
Tu ouveurras	—	Tu ouvriras
Il ouveurra	—	Il ouvrira
J'ouveurrons	—	Nous ouvrirons
Vous ouveurrez	—	Vous ouvrirez
Il ou iz ouveurront	—	Ils ouvriront
J'couveurrai	—	Je couvrerai
J'ouveurrais	—	J'ouvrirais
Tu ouveurrais	—	Tu ouvrirais
Il ouveurrait	—	Il ouvrirait
J'ouveurrions	—	Nous ouvririons
Vous ouveurriez	—	Vous ouvririez
Il ou iz ouveurrriont	—	Ils ouvriraient
J'découveurrai, etc.	—	Je découvrirai.

« J'en *lairrai* une infinité d'autres. » (JEAN DUVAL, les *Déclamations paradoxes*, Paris, 1603, pag. 280.)

» Mais j'ay mieux aimé les laisser à la recherche du lecteur, espe-
» rant que pas un de ceux qui prendront la peine de parcourir nostre
» ouvrage, ne se *lairra* doresnavant seduire aux belles apparances
» de nos adversaires. » (PHILIPPE LABBE, les *Étymologies françoises*,
Advertissement aux lecteurs, Paris, 1661.)

(1) On retrouve cette forme dans les fabliaux du treizième siècle, et
notamment dans le *Roman du Renard*, publié par M. Méon, Paris,
1826 :

      « Jà, se Dieu plaist, ne *sofferrai*
      » Qu'il pour moi muire (meure) ainz i morrai
      » Et mon pechié *descoverrai*. »

Et plus loin :

      « Dame Hersent s'amie
      » Que ne l'en *decoverra* mie. »

De même dans les verbes *offrir*, *souffrir*, nos gens de campagne se servent de *j'offeurrai* (1), *j'souffeurrai* pour *j'offrirai*, *je souffrirai*.

IV. — DES VERBES IRRÉGULIERS.

Il existe des verbes irréguliers d'après la conjugai son grammaticale, lesquels sont cependant réguliers dans le langage rustique. Par exemple *envoyer*, *renvoyer*.

En effet les paysans disent *j'envoyrai*, *j'envoyrais* (2), pour *j'enverrai*, *j'enverrais*, etc.

Dans le langage rustique on dit :

AU FUTUR.

J'voirai (3)	pour	Je verrai
Tu voiras	—	Tu verras
Il voira	—	Il verra

---

(1) Voyez la note précédente.

« Et si feras tuz les turteaux (gâteaux) de cler furment (froment), e » tuz semblables, si les metteras el canistre (panier) et les *offreras*. » (*Exode*, XXIX, 2.)

« Le seigneurs les *offera* as Dieus, si le lierra al huis et as posts. » (*Exode*, XXI, 6.)

« Ge sui en la main de Deu, ociez moi de cele mort de laqueile il » *sofferat* moi estre occis. » (*Dialogues* de SAINT GRÉGOIRE.)

« Il *soufferront* aussi le pis. » (*Bible* de BERZE.)

Ces différents passages sont cités par ORELL : *Alt franzoesische grammatik*, pag. 159 et 162.

(2) Ces formes étaient celles autrefois employées pour la conjugaison de ces verbes. On les trouve dans Montaigne, Rabelais et le *Grand dictionnaire français-latin* de Nicot.

(3) Dans le langage rustique, *oi* se prononcé *oué*. Voyez pag. 15.

l'voirons	pour	Nous verrons
Vous voirez	—	Vous verrez
voiront.	—	Ils verront

AU CONDITIONNEL PRÉSENT.

'voirais	pour	Je verrais
Tu voirais	—	Tu verrais
l voirait	—	Il verrait
'voirions	—	Nous verrions
'ous voiriez	—	Vous verriez
voiraient	—	Ils verraient

Autrefois le futur et le conditionnel présent de ce erbe se conjuguaient de même que le font encore los gens de campagne (1).

Nos paysans disent aussi *j'enteurvoirai*, *je revoiai* (2), pour *j'entreverrai, je reverrai*, etc.

Grammaticalement *prévoir* et *pourvoir* font au futur t au conditionnel présent *je prévoirai, je prévoirais, e pourvoirai, je pourvoirais*. Cependant les verbes *ouvoir* et *pourvoir* sont des composés de *voir*, et or-

---

(1) C'est ce qu'on trouve dans la *Grammaire* de Giles du Guez, ıg. 1001, publiée à Londres vers 1533, et que M. Génin a fait imprier à la suite de son édition de Palsgrave, Paris, 1842; et dans le *raité de la langue françoise*, de Robert Estienne, pag. 60, Paris, 1569. Nicot, dans le *Grand dictionnaire françois-latin*, emploie *voiıi* pour *verrai*. Rabelais a dit (*Pantagruel*, Liv. V, Chap. xLv) : « Ha, ho, ho, je voyrai » et (Liv. IV, Chap. xxiv) : « Vous la *voyriez* en cendres. »
Clément Marot s'exprime ainsi (Epistre xxvııı au roi) :
   « Quand on *veoirra* tout le munde content. »

(2) La Fontaine a écrit dans une épître à un ami, édition de Paris, 1729 :
   « Pâques, jour saint, vaut autre poésie,
   » *J'envoyrai* lors, si Dieu me prête vie. »

dinairement le verbe simple sert de base à la conjugaison du verbe composé. Mais cette règle, fidèlement observée dans le langage rustique, est souvent violée dans le langage grammatical. Ce qui précède fournit un remarquable exemple de ce que j'avance.

Il existe les différences suivantes dans la conjugaison du verbe *aller*.

Langage rustique.	Langage grammatical.
Je vas.	Je vais ou je vas.
Tu vas.	Tu vas.
I va (1).	Il va.
J'allons ou j'vons 2).	Nous allons.
Vous allez.	Vous allez.
I vont.	Ils vont.

---

(1) Au moyen âge on écrivait avec un *t* la troisième personne de l'indicatif de ce verbe : il *vat*. (Orell, *Grammaire du vieux français*, pag. 139), cite le passage suivant de saint Bernard : « Li pelerins *vat* » la voie roïal : ne ne se tornet ne vers dextre, ne vers senestre. » Mais au seizième siècle, le *t* euphonique ne s'écrivait plus et l'on continuait à le conserver dans la prononciation sans l'indiquer dans l'écriture. Ainsi, on écrivait : *aime il, va il,* et l'on prononçait *aime-t-il, va-t-il*. Nous disons encore : *y a-t-il, voilà-t-il, ne voilà-t-il pas,* et cependant on nous défend : il *at* acheté, Marlborough s'en *vat* en guerre. Telle est la tyrannie de l'usage !

(2) Henri Estienne qui, dans ses *Dialogues du nouveau langage françois italianisé*, critique vivement les courtisans de son temps sur le style maniéré dont ils avaient habitude de se servir et sur les fautes grossières qu'ils commettaient en parlant, ajoute : « Car ils disent » *troas moas* pour *trois mois,* et je m'en voas.

» Celtophile. — N'ont-ils point peur que les supports de la place » Maubart, car ceux qui disent *frere Piarre* disent aussi la *place* » *Maubart,* ne les facent ajourner comme estant troublez par eux en » la possession et saisine de leur langage ?

Je suis été (1).	Je suis allé.
T'a été.	Tu es allé.
Il a été.	Il est allé.
J'avons ou j'ons été.	Nous sommes allé.
Vous étes été.	Vous êtes allé.
Il ont ou iz ont été.	Ils sont allé.

Les paysans employent ainsi le verbe *raler*, qui était en usage au treizième siècle. On lit fréquemment

---

» Philalethe. — Ce n'est pas en cela seulement que trouble leur est
» faict par les courtisans, mais aussi en plusieurs autres façons de lan-
» gage, et notamment en ceste-ci : *j'allions, je venions;* et, *je dis-*
» *nions, je soupions*; pareillement *j'allons, je venons; je disnons, je*
» *soupons*. Mais encore ce sont les mieux parlant entre plusieurs qui
» prononcent ainsi. Car les autres font une autre faute en ne pronon-
» çant point la lettre s, mais disans : *j'allion, je venion;* et *je disnion,*
» *je soupion*.

» Celtophile. — Or ça, Marot toutefois les en avait repris, car il
» me souvient qu'il dit en son premier coq à l'asne :

« Je di qu'il n'est point question
« De dire, j'allion ne j'estion,
« Ni se renda, ni je frappi,
« Tesmoin le comte de Carpi
« Qui se fit moine apres sa mort. »

» Philalethe. — Ils veulent montrer que ce qu'a dit Ovide est
vray : *Nitimur invetitum*.

» Celtophile. — Mais encore ne puis-je croire qu'autre que des
» souillards de cuisine ou autre racaille de la cour usent de ces mots :
» *j'allion, je venion*.

» Philalethe. — Si vous ne le pouvez pas croire, je n'en puis mais,
» tant y a qu'au contraire on oit ce langage de la bouche aussi d'au-
» cuns des plus grands. Or je vous laisse penser combien les grands
» trouvent incontinent d'imitateurs, les uns par ignorance, les autres
» pour leur complaire. » (Pag. 146 et 147.)

(1) Ceci est la conséquence de cette règle, suivant laquelle nos gens
de campagne se servent pour conjuguer l'auxiliaire *être* du verbe ÊTRE
même.

dans Montaigne et Clément Marot : *ils revont, ils s'en revont*.

Les paysans conjuguent ainsi le présent et l'imparfait de l'indicatif du verbe *moudre* :

Langage rustique.

Langage grammatical.

INDICATIF

PRÉSENT.

Langage rustique	Langage grammatical
J'mou.	Je mouds.
Tu mou.	Tu mouds.
I mou.	Il moud.
J'moudon.	Nous moulons.
Vous moudez.	Vous moulez.
I moudent.	Ils moulent (1).

IMPARFAIT.

Langage rustique	Langage grammatical
J'moudais.	Je moulais.
Tu moudais.	Tu moulais.
I moudait.	Il moulait.
J'moudions.	Nous moulions.
Vous moudiez.	Vous mouliez.
I moudaient.	Ils moulaient, etc.

(1) « Nous sommes forcé, — dit M. Bescherelle, dans sa *Grammaire,* neuvième édition, pag. 548, — de suivre ici l'orthographe de » l'Académie. Mais ce verbe devrait faire au pluriel du présent de l'indi- » catif : *nous moudons, vous moudez, ils moudent ;* et, à l'imparfait, » *je moudais ;* et, à l'impératif, *moudons, moudez ;* et, au présent du » subjonctif, que *je moude ;* et, enfin, au participe présent de l'infi- » nitif : *moudant.* Alors on ne pourrait plus confondre les temps de » *moudre* avec ceux de *mouler.* » Le bon sens de nos gens de campagne a su, comme on le voit, éviter cet inconvénient.

PRÉSENT.

J'bois.	Je bois.
Tu bois.	Tu bois.
I boit.	Il boit.
J'boivons (1).	Nous buvons.
Vous boivez.	Vous buvez.
I boivent.	Ils boivent.

IMPARFAIT.

J'boivais.	Je buvais.
Tu boivais.	Tu buvais.
I boivait (2).	Il buvait.
J'boivions.	Nous buvions.
Vous boiviez.	Vous buviez.
I boivaient.	Ils buvaient.

Dans la conjugaison des verbes *haïr* et *aider*, les paysans forment toujours deux syllabes de la diphthongue *ai* (3); ainsi ils disent : *j'aïs* pour *je hais*,

---

(1) « *Boivons* les ondres sacrées
   » Consacrées.
   » Au Dieu qui nous point le cueur. »
(RONSARD, *Le Voyage d'Harcueil,* Liv. II des *Poëmes,* édition de Paris, 1567, T. III, pag. 70.)

(2) « Du bon Rabelais qui *boivoit*
   » Toujours cependant qu'il vivoit. »
             (Même auteur.)

(3) M. Génin, *Des Variations du langage français,* pag. 132, fait observer que jadis la diérèse, c'est-à-dire la séparation des voyelles, était constante dans la prononciation; *haine* sonnait *haïne,* sans qu'il fût besoin d'indication particulière. Et encore, ajoute le même auteur, au seizième siècle, qui est l'époque où l'on se mit à bouleverser la lan-

t'aïs pour *tu hais*, *il aït* pour *il hait*, *j'aïde* pour *j'aide*, *tu aïdes* pour *tu aides*, *j'aïdrai* pour *j'aidrai*, etc.

Dans le langage grammatical, la consonne *h* qui est placée au commencement de certains verbes s'aspire ; au contraire, dans le langage rustique cette aspiration n'a pas lieu. Ainsi les paysans disent *al* ou *elle urle* pour *elle hurle*, *vous aïsez* pour *vous haïssez*, etc.

Les paysans conjuguent le verbe réfléchi *se douter* en se servant du verbe *avoir* au lieu du verbe *être*.

Ainsi ils disent *je m'en ai douté, je m'en avais douté* pour *je m'en suis douté, je m'en étais douté*.

V. — DES VERBES NEUTRES.

D'après les règles de la grammaire, la plupart des verbes neutres prennent l'auxiliaire *avoir* aux temps composés et se conjuguent comme les verbes actifs. Quelques-uns prennent l'auxiliaire *être*. Mais pour la conjugaison de ces derniers verbes, les paysans se

---

gue, on maintenait *je haïs*. Joachim de Bellay fut un des premiers à se permettre *je hais*.

« Je *hai* les biens que l'on adore,
» Je *hai* les honneurs qui périssent. »

De quoi il fut aigrement repris par un des meilleurs élèves de Marot, Charles Fontaine : « La première personne du verbe *haïr*, que tu fais
» monosyllabe est de deux syllabes divisées, sans diphthongue comme
» il appert par le participe et l'infinitif qui sont divisés et ainsi par
» tous les temps et personnes. » *(Quintil. Horantian.)*

Autrefois on disait *aïder* pour *aider*, et ce verbe se conjugait sans diphthongue.

servent plus fréquemment de l'auxiliaire *avoir*. Par exemple ils disent :

Il o arrivé hier	pour	il *est* arrivé hier.
Il a décédé ya trois jours	—	il *est* décédé il y a trois jours.
Jean *a* entré dans la maison	—	Jean *est* entré dans la maison.
L'tonnerre *avait* tombé su l'clocher	—	le tonnerre *était* tombé sur le clocher.
Les petits *ont* éclos	—	les petits *sont* éclos.
Il *a* venu ici	—	il *est* venu ici.
J'*ai* parvenu à le vouér	—	je *suis* parvenu à le voir.

VI. — DES VERBES IMPERSONNELS.

Dans certains verbes impersonnels, les paysans retranchent le pronom *il*. Par exemple ils disent : *faut que j'âye à Paris, faut partir, vaut mieux venir, sufit que tu l'dise, y a tou à crainde*, au lieu de *il faut que j'aille à Paris, il faut partir, il vaut mieux venir, il suffit que tu le dises, il y a tout à craindre*.

Pour les autres verbes impersonnels, les paysans se servent du pronom *il* qu'ils articulent *i*. Ainsi, dans le langage rustique, on entend prononcer : *i tone, i gèle, i grèle, i convient d'aler au marché*, pour *il tonne, il gèle, il grèle, il convient d'aller au marché*, etc.

7 *

VII. — DE CERTAINS VERBES TOMBÉS EN DÉSUÉTUDE ET QUI SONT ENCORE EMPLOYÉS DANS LE LANGAGE RUSTIQUE.

Il existe certains verbes dont nos paysans font usage et que l'on n'emploie plus dans le langage grammatical.

Par exemple *ravoir* ne se dit qu'à l'infinitif; cependant nos gens de campagne se servent encore de ce verbe dans divers temps (1). Ainsi ils emploient ces mots *jeul raurons* pour *nous le reprendrons; si j'ravais mon argent* pour *si je recouvrais mon argent; il a révu* ou *réu* pour *il a recouvré*, etc.

Ils disent :

Nayer (2)   pour   noyer.

---

(1) M. Orell (*Alt franzoesische grammatik*, publiée à Zurich, en 1830), rapporte, pag. 82, de nombreux passages d'anciens textes qui prouvent que ce verbe était, au moyen âge, généralement usité et avec les mêmes formes que celles que l'on retrouve dans le langage de nos campagnes.

« Si ravions et pes et concorde. »
(*Roman de la Rose*, vers 14709.)

(2) On prononce *néyer*.

« *Je naye, je naye,* je meurs, bonnes gens, *je naye.* » (RABELAIS, *Pantagruel*, Liv. IV, Chap. XVIII.) « *Je naye, je naye,* mon ami, *je naye.* » (Même ouvrage, Liv. IV, Chap. XIX.) « Car, ou nous évade-» rons ce dangier, ou nous serons *nayez.* » (Même ouvrage, Liv. IV Chap. XXI.)

Asavoir (1)	pour	savoir.
Boulir (2)	—	bouillir.
Mouver, se mouver (3)	—	mouvoir, se mouvoir.
Emouver, s'émouver	—	émouvoir, s'émouvoir.
Assiner (4)	—	assigner.
Astenir (5)	—	abstenir.

---

(1) *Assavoir* est un ancien verbe ; c'est la même signification que *savoir*.

> « Dame, par vo courtois vouloir
> » Me voellies laisser *assavoir*
> . . . .
> » Et desiroit moult *assavoir*
> » De sa dame le penser voir
> . . . .
> » Et si je puis journée avoir
> » Je le vous feray *assavoir.* »
> (*Coucy*, poëme cité par M. Genin, pag. 323.)

« Je vous fais *assavoir* qu'ils viennent. » (Rutebeuf, T. Ier, pag. 257.)

Palsgrave, de l'*Esclaircissement de la langue françoise,* pag. 783, dit : « Cecy est pour vous faire savoyr ou *assavoir.* »

(2)
> « Tant burent à lor volonté,
> » Qu'à Primaut le cervel *boulut.* »
> (*Roman du Renard,* poëme du treizième siècle.)

(3) On lit dans les *Poésies* de Marie de France, qui datent du treizième siècle, le passage suivant, cité par Orell, pag. 189 :

> « Nule pour (peur) de peine aver
> » Ne peut sun corage *mover.* »

Ronsard a dit :

> « Ils appaisent les flots, ils *mouvent* les orages. »

On trouve aussi dans Rabelais : *ils se mouvent.*

(4) « Et disoient que nulle esglise ne devoit pas estre *assinée* espé- » cialement au Saint-Esprit plus que à Dieu le père ou à son fils ou à » toute la Trinité ensemble. » (*Traduction inédite* de Jean de Meung, citée par M. Genin, des *Variations du langage français*, pag. 13.) C'est ainsi que l'on écrivait et prononçait ce mot encore au temps de Henri IV. (*Dictionnaire* à la suite du *Traité* de Robert Poisson, cité pag. 19 du présent ouvrage.)

(5)
> « Carles se pasmet, ne s'en pout *astenir.* »
> (*Chanson de Roland,* strophe cciii, vers 11.)

Declairer (1)	pour	déclarer.
Fremer (2)	—	fermer.
Glener (3)	—	glaner.
Licher (4)	—	lécher.
Siner (5)	—	signer.
Sentu (6)	—	senti.

---

(1) PELETIER, *Dialogue de l'ortografe et prononciation françoise*, Paris, 1550, pag. 14 et 15, écrit *décleration* et *déclerer*.

 « Le prophète *déclaire* la divine puissance. »
 (Psaultier, édition gothique, sans date, T. II, fol. 75.)

(2) « Je *freme*. Je yrai *fremer* les fenestres. » (PALSGRAVE, pag. 703), « Je *freme* dehors. Elle ma *fremé* hors de l'huys. » (Même auteur. pag. 704.) On trouve ce verbe ainsi orthographié dans le *Roman de la Rose.*

(3) Ce mot est employé par Rabelais. Voyez pag. 99, note 5.

(4)   « Le flot.... appaise son courage
      » Et la *lichant,* se joue à l'entour du rivage. »
                (RONSARD, *Poésies.*)

(5) « La roine se *sina* de la main diestre. » (*Chronique de Rains.*)

(6) Le participe *sentu* appartient au vieux français.

      « Son bras estant, si a *senstu*
      » Ses piés, et tous chanchiés les treuve. »
(*Fabliaux et contes,* publiés par Barbazan, T. IV, pag. 46.)

      » Quand je l'eus *sentu* au flairer,
      » Ailleurs ne voulus repairer.
      . . . .
      » Li oiseau qui tant sont téus
      » Pour l'hiver qu'il ont tous *sentus.* »
                (*Roman de la Rose.*)

    « Toi, Monseigneur, qui as *sentu* combien
    » Est grand le mal de la tentation, »

(*Complainte pour un prisonnier;* cette pièce de vers, qui est de Marguerite de Valois, sœur de François Ier et reine de Navarre, se trouve dans le recueil de poésies intitulé : *les Marguerites de la Marguerite des princesses,* Lyon, 1547, pag. 447.)

Perceval, roman de chevalerie, publié en 1529, contient le passage suivant :

    « Certes j'ai vostre bouche *sentue* plus delectable e trop plus doulce. »

Paler (1)	pour	parler.
Suir	—	suivre.
Sui	—	suivi.
Poursuir	—	poursuivre.
Poursui (2)	—	poursuivi.
Li (3)	—	lu.
Pon (4)	—	pondu.

---

(1) Les paysans disent : *j'pale, tu pale, i pale, j'palrai, j'pal-rais*, etc., pour *je parle, tu parles, il parle, je parlerai, je parle-rais.* Ce retranchement de la consonne *r*, dans ce verbe, remonte aux temps anciens de notre langue. En effet, on lit dans des poëmes des douzième et treizième siècles, les passages suivants :

» Assez ensemble *palerent*, puis
» Toute sa vie li conta,
» Et l'ermite qui l'escouta ,
» Et ses paroles entendi,
» Dist : c'oncques mès *paler* n'oï
» De lai homme qui ce féist.

. . . .
» Amors li commande et morte
» Qu'encore voist *paller* a lui
» Ne doit pas laisser ainsi

. . . .
» De mainte chose vont *pallant*. »

(2) Le simple *sui* est formé par syncope de *sequi*. C'est un ancien verbe auquel on a ajouté un *e* muet ce qui, de *suir*, a fait *suire.* Enfin *suire* s'est changé en *suivre* par l'introduction d'un *v* devant l'*r*. (Ro-quefort, *Glossaire de la langue romane*; M. de Chevallet, *Origine et formation de la langue française*, pag. 180.) On trouve *persuir* ayant la même signification que *poursuivre* dans les lois de Guillaume le Conquérant, § xxv.

(3)   « Quant li filosophes ot *lit* (eût lu)
    » Les vers qui trouva escrit. »

(*Roman de Rou*, poëme du douzième siècle publié par Pluquet.)

(4) On lit dans Rabelais : « Castor et Pollux nasquirent de la coc-que d'ung oeuf *pont* et esclous (*éclos*) par Léda. »
Il importe de faire remarquer que dans certains verbes terminés en

Repantu (1)	pour	repenti.
Reveti (2)	—	revêtu.
Grouiller (3)	—	remuer.
Tombit (4)	—	tomba.
S'accoter (5)	—	s'appuyer.

endre, ondre, ompre, oudre, les paysans, pour former le participe passé, suppriment la syllabe finale de l'infinitif; ainsi ils emploient :

Aten	pour	attendu.	Enten	pour	entendu.
Descen	—	descendu.	Fon	—	fondu.
Eten	—	étendu.	Confon	—	confondu.
Fen	—	fendu.	Refond	—	refondu.
Défen	—	défendu.	Morfon	—	morfondu.
Pen	—	pendu.	Répon	—	répondu.
Repen	—	repentu.	Correspon	—	correspondu.
Suspen	—	suspendu.	Ton	—	tondu.
Ren	—	rendu.	Ron	—	rompu.
Préten	—	prétendu.	Coron	—	corrompu.
Ven	—	vendu.	Intéron	—	interrompu.
Ten	—	tendu.	Résou	—	résolu.

(1) « Mes je m'en sui or *repentu.* »
(*Roman du Renard*, vers 13204.)

(2) M. Orell, *Alt fransoesiche grammatik,* pag. 168, dit que ce mot se rencontre dans les anciens manuscrits et notamment dans les sermons de saint Bernard.

(3) Cette expression est ancienne. Molière l'emploie dans *le Bourgeois gentilhomme,* acte III, scène v : « Tredame, Monsieur, ma- » dame Jourdain est-elle décrepite et la tête lui *grouille*-t-elle déjà? »

(4) « Ensemble lui jecta un groz tribard (bâton) qu'il portait soubz » son escelle, et lastainct par la joincture coronale de la teste, sus lar- » tere crotaphicque, du cousté dextre; en telle sorte que Marquet » *tombit* de dessus sa jument, mieulx semblant homme mort que vif. » (RABELAIS, *Gargantua,* Liv. I, Chap. xxv.)

(5) Nicot, *Thresor de la langue françoise,* Paris, 1606, mentionne ce verbe et donne l'exemple suivant : « S'accoter et appuyer contre un » arbre. »
Autrefois *accostoyer* était pris dans le même sens.
« Enguerrand de Marigny, pendant sa faveur, avait pris la hardiesse

evaler (1)   pour   descendre.

d'*accostoyer* sa statue de celle d'un roi de France au Palais-Royal de Paris. » (Pasquier, *Recherches de la France,* Liv. V, Chap. iv.)

(1)   « Lors te prendras à *devaler,*
            » Et querras achoison d'aler
            » De rechief encore en la rue
            » Où tu ouras cele véue
            » Que tu n'osas metre a raison. »
                (*Roman de la Rose,* vers 2389.)

            « Venus s'iert où bois *devalée*
            » Por chacier en une valée. »
                (Même ouvrage, vers 15877.)

« Yssant de leaue roiddement, montoyt encontre la montaigne et *devaloyt* aussi franchement... On lui attachoyt ung cable en quelque haute tour pendent en terre : par ycellui avecques deux moines montoyt, puis *devaloyt* si roiddement et si assurement que plus ne pourriez parmy ung pré bien éguallé. » (Rabelais, *Gargantua,* iv. I, Chap. xxiii.)

            « Je semble un mort qu'on *devale* en la fosse. »
                (Ronsard, *Les Amours,* sonnet xciv.)

Du temps de Corneille, ce verbe était encore employé dans le style ,utenu :

            « On ne montera point au rang dont je *dévale*
            » Qu'en épousant ma haine au lieu de ma rivale. »
                (*Rodogune,* Acte II, Scène ii.)

VII

DES PRÉPOSITIONS

Dans l'ancienne langue française on employait :

A (1)	pour	de.
Dedans (2)	—	dans.

---

(1)   « Dore en avant c'est fabliaux conte
　　　　» Qu'il ot (y eut) en l'ostel *a* ung conte
　　　　» Un seneschal, si com je cuit,
　　　　» Felon, et aver, et recuit,
　　　　» De toz maux vices estoit plains. »
(*Fabliaux et contes,* publiés par Barbazan, T. III, pag. 265.)

　　　　« Un gilles de Bretaigne
　　　　» Nepveu *au* roi Charlon,
　　　　» Veiz-je par mode estrange
　　　　» Estrangler en prison. »
　　　　　　　　　　(JEAN MOLINET.)

C'est ainsi qu'autrefois on marquait le rapport d'origine par la proposition *à* au lieu de la préposition *de.*

(2) « Si est ascons qui blamet seit *dedans* le hundred, c'est-à-
» dire : et s'il est quelque serviteur qui soit accusé *dans* la cour de
» l'hundred. » (Lois de Guillaume le Conquérant, § L.)
　　« *Dedans* les bras de Syméon. » (*Kalandrier des Bergiers,* imprimé à Paris, par Guiot, en 1491.)

Devant (1)   pour   avant.

« *Dedans* les plats. » (RABELAIS, *Pantagruel*, ancien prologue du livre ᴵⱽ.)

<blockquote>
» Phebus derrière la montagne,
» An son beau jour solsticial,
» *Dedans* la mer ses chevaux bagne. »
</blockquote>

(JACQUES PELETIER, opuscules imprimés à la suite de l'*Art poétique*, du même auteur, édition de 1555, pag. 101.)

<blockquote>
» Tant peut une beauté depuis qu'amour vainqueur,
» (Voire aux plus braves rois), l'empreint *dedans* son cœur. »
</blockquote>

(BAÏF, *Poésies au seigneur Sorel.*)

« *Dedans* nos veines sèches. »

(BAÏF, *Sonnet.*)

<blockquote>
« Mais il fait un grand bruit *dedans* l'étable, et puis
» En poussant le croullet, sa corne ouvre l'huis. »
</blockquote>

(RONSARD, *Poésies.*)

« *Dedans* le temps de la tresve, *dedans* lequel espérant vous veoir » ne vous fera pour ceste heure longue lettre. » (*Lettres inédites de Marguerite d'Angoulême*, sœur de François ᴵᵉʳ et reine de Navarre, publiés par M. Génin, T. Iᵉʳ, pag. 204.)

<blockquote>
« Vous leur donnez les biens qu'ils ne demandent pas,
» Et *dedans* vos sentiers vous conduisez leurs pas. »
</blockquote>

(ANTOINE GODEAU, *Poésies chrétiennes,* pag. 2.)

La Fontaine a dit aussi, Livre II, Fable 2 :

« Tant il en avait mis *dedans* la sépulture. »

Il emploie également ce mot dans le même sens, Liv. III, Fable 6; Liv. IX, Fables 11 et 13; Liv. X, Fable 14 ; Liv. XI, Fable 1.

(1) « Iceles même que li reis Edward, son cosin, tint *devant* lui. » c'est-à-dire : Celles mêmes que le roi Edward, son cousin, maintint avant lui. (Lois de Guillaume le Conquérant, *Préambule.*)

« Et Aran mourust *devant* Tharé, son père. » (Ancienne traduction de la *Genèse.*) « Ele amoit une feme, sainte nonain, en cel meisme » moultier *devant* les autres. » (*Sermon* de SAINT GRÉGOIRE.)

« *Devant* minuit. » (*Kalandrier des Bergiers*, édition précédemment citée.)

« Plusieurs ans *devant* le voyage et les conquestes d'Alexandre. » (AMYOT, traduction de Plutarque.)

<blockquote>
« Si l'on t'immole un bœuf j'en goûte *devant* toi. »
</blockquote>

(LA FONTAINE, Liv. IV, Fable 3.)

8

| Dessus, sus (1) | pour | sur. |
| Devers (2) | — | vers, près. |

(1)   « Epenches *dessus* moi tes divines lumières. »

(Antoine Godeau, *Poésies chrétiennes,* pag. 339.)

« Comme un mouton qui va *dessus* la foi d'autrui. »

(La Fontaine, Liv. II, Fable 10.)

« C'était tout, car les précieuses,
» Font *dessus* tout les dédaigneuses. »

(Liv. VII, Fable 5.)

» Pantagruel monta *sus* mer on port de Thalasse. » (Rabelais, Liv. IV, Chap. 1er.) « Pantagruel leur fict une briefve et saincte exhortation *sus* » l'argument des navigateurs. » (*Ibid.*) « *Sus* la serénité du temps. » (Chap. x.) « Il mouroit par ruine de quelque chose qui tomberoit *sus* « lui . » (Chap. xvii.)

« O cité noblement nommée,
» Paris *sus* autre renommée,
» Pour la haulte prééminence,
» N'es-tu la fleur de toute France ;
» N'es-tu, di moi, beaucoup plus fière,
» Pour la beauté de la rivière,
» Seine, laquelle te fournit
» Des biens dont elle te nourrit.

. . . .

» Et *sus* cet abyme je fonde
» Raison que Paris soit au monde. »

(*Le Compost et Kalandrier des Bergères*, imprimé à Paris, par Gaspard Philippe, édition sans date.)

» Uranis montra la première
» De danser façon et manière ;
» Jeunes bergères *sus* l'herbete,
» Au son de la cornemusete. »

(Même ouvrage.)

(2)   « Par *devers* la vile a main destre. »

(*Roman du Renard*, vers 18306.)

« Je retournerai, qui qu'en grousse,
» *Devers* un avocat d'eau doulce. »

(Pathelin, *Farce à quatre personnages*, Paris, 1522.)

« Or, retournez *devers* lui et *devers* ceux qui cy vous ont envoyez. »
(Froissart, *Chronique.*)

Dessous (1)   pour   sous.

Ces formes sont encore en usage dans le langage
rustique. Par exemple, nos paysans disent : Vous al-
lez à la ville, j'y s'rons *d'vant* vous pour nous y serons *avant* vous ; *d'dans* ma chambre pour *dans* ma
chambre, *d'su* l'eurmoire pour *sur* l'armoire, *i* vient
d'vers nous pour il vient *vers* nous, la fye *à* Jean
pour la fille *de* Jean, etc.

Les paysans prononcent *conteur* et *enteur* les prépositions *contre* et *entre*. Ainsi ils disent *enteur nous,*

« Je viens *devers* lui. » (Montaigne, *Essais.*)

« Il se tourna *devers* ses familiers. » (Amyot, *Traduction de Plutarque.*)

 « . . . . Pour assurer les doubtes
 » *Devers* le ciel mestons à noz joyes toutes
 » En celle gloire ou est sans nulle deffault,
 » Le bien parfait et qui jamais ne fault. »

(Guillaume Cretin, *Translation du chant de Misère,* édition
 Coustellier, pag. 262.)

  « Au matin, et *devers* le vespre,
  » En esté brebis veulent paistre. »
   (*Le Compost et Kalendrier des Bergères.*)

La reine de Navarre, dans sa correspondance avec son frère François Ier et les autres personnages de cette époque, se sert toujours de
cette préposition *devers* au lieu de *vers.* Voyez *Lettres inédites de
Marguerite d'Angoulême,* T. Ier, pag. 226, 246.

(1) « Et quand le fromage se prendra endurcir, on le mettra en lieu
» froid et obscur, et quand il sera passé *dessous* aucune fois pour être
» plus ferme on le mestra an une gorme. » (Pierre de Crescens, *le
Livre des prouffilz champestres et ruraulz,* Paris, 1532, fol. 108.)

 « Et ayant de nouveau *dessous* sa main reduit
 » Les Normauts reconquis. . . . . . »
   (Baïf, *Poésies au seigneur Sorel.*)

conteur nous, pour dire *entre nous, contre nous.* Ils suivent la même règle de prononciation quand les prépositions *entre* ou *contre* font partie de mots qui commencent par une consonne. Ainsi, dans le langage rustique on dit :

Conteurbande	pour	contrebande.
Conteurdire	—	contredire.
Conteurvent	—	contrevent.
Enteurvoir	—	entrevoir.
Enteursol	—	entresol.
Enteurtenir	—	entretenir.
Enteurbayer	—	entrebailler.
Enteurdeux	—	entre deux, etc.

VIII

ADVERBES ET LOCUTIONS ADVERBIALES

Dans le langage rustique, on emploie *devant que* pour *avant que*, *davantage que* pour *plus que*, *paravant* pour *auparavant*, *du depuis* pour *depuis ce temps-là*. Autrefois ces formes étaient également en usage (1).

---

(1) « Et se li enfans qui sont dessouls aage rappellent lor partage
› dedans l'an et *devant* qu'il soient aagié, li partage ne vaura rien. »
Ancienne coutume de Troyes, art. 20.)

    « *Devant* qu'amour le fit roi de mon cœur. »
           (BAÏF, *Poésies,* sonnet.)

  « Ma sœur *devant* qu'il soit plus tard, parlon-–en. »
        (*Le Compost et Kalendrier des Bergères.*)

    « Et *devant* qu'ils fussent éclos. »
        (LA FONTAINE, Liv. 1, Fable 8.)

 « Les convertir en maux *devant* qu'ils soient venus. »
        (Même auteur, Liv. II, Fable 13.)

 « Autrement il mourrait *devant* qu'être à la ville. »
        (Livre VI, Fable 16.)

Dans le langage rustique, quand la conjonction *si* prend la négation, ou quand la phrase est interrogative, on se sert de *pas* ou *point* au lieu de *ne pas* ou *ne point.* Par exemple : *As-tu pas dit ça* pour *n'as-tu pas dit ça, si vous partez pas* pour *si vous ne partez pas,* etc.

Cette forme était employée de la même façon dans notre ancienne langue française (1).

« *Devant* qu'il fût nuit. »
(Liv. IX, Fable 19.)
» Ah ! *devant qu'*il expire... »
(Racine, *Andromaque,* Acte V, Scène i.)

D'après les règles actuelles de la grammaire, *davantage* ne peut être suivi d'un complément, comme dans : J'aime *davantage* la campagne *que* la ville. Il n'en était pas ainsi autrefois, et l'on employait *davantage* comme comparatif en le faisant suivre de *que.* C'est ainsi qu'en ont usé Amyot, Bossuet, Molière, la Bruyère, le Père Bouhours, J. J. Rousseau, et tous les grands écrivains jusqu'au dix-neuvième siècle.

On lit, T. I, pag. 13, du *Menagier de Paris,* traité de morale et d'économie domestique, composé au quatorzième siècle, ce qui suit : « Et » avant que vous partiez de votre chambre ou ostel aiez *paravant* avisé » *que* le colet de vostre chemise, de vostre blanchet ne saillent pas l'un » sur l'autre. »

« Il donna au fils de morum... un second gouvernement outre celui » qu'il avait *paravant.* » (Amyot.) « Disant que les gens *paravant* » décédéz, estoient bien privés d'un fort grand plaisir. » (Même ouvrage.)

« La belle *du depuis* ne la recherche point
» Et l'esprit rarement à la beauté se joint. »
(Regnier, *Poésies.*)

« Il advint *du depuis* qu'avec le mouvement,
» Le violon joua beaucoup plus plaisamment. »
(Vauquelin de la Frenoye, *Art poétique.*)

(1) « Alexandre lui demanda *s'il avait point* affaire de quelque

Nos gens de campagne disent *où* pour *auquel, par lequel, vers lequel,* etc.; tel était l'usage suivi dans l'ancienne langue française (1).

Nos campagnards emploient aussi *ilà* pour *là.* Cette expression est un ancien adverbe de notre langage (2).

Souvent dans le langage rustique *dont* est mis pour *d'où.* Par exemple : D'mande lui l'pays *dont* i vient

---

» chose. » (AMYOT.) « Leur capitaine leur demanda *s'il avait point* » (même auteur.) « Et *avons-nous point* encore souffert pire de son » vivant. » (Même auteur.)

« Mais à parler en bon escient *est-ce pas* un misérable animal que » l'homme ? » (MONTAIGNE, Liv. 1er, Chap. XXIX.) « *Est-ce pas* la » naïveté, selon vous, germaine à la sottise. » (Même auteur.)

« *D'en plus* parler, je me désiste. »
(VILLON, *ballade des seigneurs des temps jadis.*)

(1) « Il n'y a peut-être pas » dit M. Génin, des *Variations du langage français,* pag. 401, « de mot dans la langue française dont le » domaine ait été plus injustement restreint. Il servait jadis pour tous » les rapports marqués aujourd'hui par *à, en, vers.* On mettait *ou* » pour *à qui, en quoi, auquel, par lequel, vers lequel,* etc.; main- » tenant *ou* n'est plus qu'une conjonction adverbiale ou un adverbe de » lieu; il signifie *ubi* et *vel.* » M. Génin cite ensuite de nombreux exemples tirés de nos meilleurs écrivains qui ont toujours employé *ou* pour marquer ces sortes de rapports. Nos paysans ont conservé dans leur langage cette habitude traditionnelle.

(2) Robert Estienne, *Traité de la grammaire françoise,* Paris, 1569, pag. 91, mentionne cette expression au nombre des adverbes, et s'exprime en ces termes: « *Ila,* semble composé de *i* et *la,* telle- » ment que ce soyent deux pronoms composez : et ne vault que *la* : » car où on met *la* on peut dire *ila* ou *illec.* Aucuns escrivent *illa* » comme venant de *illic* latin, *illinc* ou *illuc:* mais ce que premier est » dict semble mieux. »

Pierre de la Ramée (plus connu sous le nom de Ramus), page 118 de sa *Grammaire françoise,* publiée à Paris, en 1571, et dédiée à Catherine de Médicis, désigne *ila* comme adverbe de lieu.

pour demande-lui le pays d'*où* il vient (1). Les paysans se servent de ces locutions :

A tout le moins (2)	pour au moins.
Comment que vous allez	— comment allez-vous.
J'nen ai pas de besoin (3)	— je n'en ai pas besoin.
Adé quand vous (4)	— en même temps que vous.

---

(1) Notre ancienne langue française possédait cette forme :

« Et cil li demande son nom,
» *Dont* il est, et de quele terre. »
(*Fabliaux et contes,* publiés par Barbazan, T. IV, pag. 294.)

« Quant la dame le vit, si li demanda *dont* il était. » (*Roman du cuens de Ponthuieu.*)

« Aucune genz, i a qui me demandent *dont* les vers viennent. » (Rutebeuf, T. Ier, pag. 257.)

Robert Estienne, dans son *Traité de la grammaire françoise,* Paris, 1669, pag. 90, place l'expression *dont* au nombre des adverbes de lieu.

(2) Cette locution est ancienne dans notre langue : « *A tout le moins* » mande moi comment tu te portes maintenant. » (Amyot.) « Les Palantides avoyent espéré de recouvrer le royaume d'Athènes, *a tout* » *le moins* après la mort d'Ægée. » (Même auteur.)

« *A tout le moins* une fois l'an. »
(Commandement de l'Eglise.)

(3) Cette phrase se trouve employée dans les *Dialogues* de Jean-Lois Vives, traduits de latin en françois, par Benjamin Jamin, Paris, 1601, pag. 5. On y lit aussi d'après la même forme de langage : comme vous avez *de* coutume (mêmes *Dialogues,* pag. 6), pour comme vous avez coutume. Nous avons *de* coutume pour nous avons coutume (Louis Meigret, *Traité de la grammaire françoise,* Paris, 1550, fol. 13.)

(4) *Adès* est employé pour *en même temps* dans la *Chronique des ducs de Normandie,* en vers du douzième siècle, publiée par M. Francisque Michel.

« Et leur dona del suen *adès.* »
(Tom. Ier, pag. 145, vers 1771.)

« Après chevaliers e engrès
» Damagiers m'aviez *adès.* »
(*Ibid.*, pag. 182, vers 2874.)

)ueu puissant qu'vous ¦ soyez (1)	pour quelque puissant que vous soyez.
\u prix de (2)	— en comparaison de.
)u matin (3)	— matinallement.

    « A son mangier servist le rei
    » Et la reine tot *adès*
    » Qui od lui n'out trève ne·pès
    » Mult le haeit de grand haor. »
        (*Ibid.*, pag. 552, vers 13664.)

(1) Autrefois *quel* était toujours adjectif et *que* toujours adverbe. 1. Genin, des *Variations du langage français*, pag. 419, cite deux xemples tirés du *Roman dou chapelain de Coucy,* où on lit : « En *quel* lieu ke je soie..... *quel* duel que j'en doie soufrir. »

(2) « Il n'est qu'ung povre homme *au prix* de lui. » (Palsgrave, l'*É- ·laircissement de la langue françoise,* pag. 837.)

    « Il reprend ses outils, en faict d'autres plus beaux,
    » Et méprise les vieux *au prix* de ses nouveaux. »
        (Scévole de Sainte-Marthe, *Poésies.*)

(3) Pierre de la Ramée, pag. 118 de sa *Grammaire françoise,* place :ette expression au nombre des adverbes de temps.

IX

DE CERTAINS MOTS

USITÉS DANS LE LANGAGE RUSTIQUE ET EXCLUS DE LA LANGUE GRAMMATICALE.

Un grand nombre de locutions anciennes sont tombées en désuétude et ne s'emploient plus actuellement dans le langage grammatical; mais il n'en est pas de même dans le langage rustique, et les expressions dont je veux parler sont toujours en vigueur chez nos paysans des environs de Paris. Ainsi nos gens de campagne disent :

Abusion (1)   pour   erreur.

---

(1) « N'abusons point de notre première *abusion*. » (PELETIER, *Dialogue de l'ortographe et prononciation françoise*, publié en 1550, pag. 210.)
          « Ce monde n'est *qu'abusion*. »
          (VILLON, *Ballade des seigneurs des temps jadis*.)
    Roquefort, *Glossaire de la langue romane*, rapporte cette expression.

Accouplage (1)	pour	accouplement.
Accoutumance (2)	—	habitude.
Avision (3)	—	invention.
Degoutement (4)	—	dégoût.
Departement (5)	—	départ.
Derivéson (6)	—	dérivation.
Doutance (7)	—	doute.

(1) Montaigne (Liv. III, Chap. v, de ses *Essais*), fait usage de ce substantif. On le trouve également dans le *Glossaire* de Roquefort.

(2) Le *Dictionnaire de l'Académie française* mentionne ce mot en faisant observer qu'il a vieilli. On le trouve fréquemment dans Montaigne (Liv. Ier, Chap. xxii et xxv. Liv. III, Chap. ix et x), dans Peletier (ouvrage précité, pag. 121) et dans les autres écrivains de la même époque.

La Fontaine a dit aussi dans la fable intitulée *le Chameau et les Bâtons flottants* :

« *L'accoutumance* ainsi nous rend tout familier. »

(3)   « Et cy après vous retrairai
        » Une *advision* qui m'avint
        » A dix huit jours ou a vint. »

Le Chemin de povreté et de richesse, poëme composé en 1342, par Jean Bruyant et inséré dans le *Menagier* de Paris, T. II, pag. 4.)

(4) M. Orell (*Grammaire du vieux français,* pag. 21), cite ce mot comme en usage au moyen âge.

(5) Ce substantif se trouve dans Clément Marot, et dans Roquefort, *Glossaire de la langue romane.*

(6) Les paysans se servent de cette expression la *dérivaison* d'un ruisseau, d'un canal, pour la *dérivation* d'un ruisseau, d'un canal. *Derivaison* était employé autrefois comme substantif du verbe *deriver*, tirer son origine. C'est en ce sens que Peletier (pag. 39), a dit dans le dialogue que j'ai déjà cité : « La *derivaison* n'est-elle pas toute feste avant que le mot soit escrit. »

(7) Ce mot se trouve dans le *Dictionnaire françois-anglois* de Cotgrave, London, 1636, et dans le *Glossaire* de Roquefort.

        « Je connais que j'ai ja passé
        » Grand part de mes jours sans *doubtance*,

Epaississeure (1)	pour	épaisseur.
Gouvernance (2)	—	gouvernement.
Inclinement (3)	—	inclination.
Nuisance (4)	—	préjudice.
Oubliance (5)	—	oubli.
Souvenance (6)	—	souvenir.
Desesperation (7)	—	désespoir.

> » Je connais que j'ai amassé
> » Péchés et fait penitence.
> (*Compost et Kalandrier des Bergères.*)

(1) M. Orell, pag. 21.

(2) « Otre Henry, qui a *gouvernance* pour le présent la terre et le
» païs de roi Richard qui tant ac de puissance, lequel tu as hors
» bonté et deniers. » (*Poëme sur la déportation de Richard II*,
édition publiée par M. Buchon à la suite des *Chroniques* de Froissard,
T. XIV, pag. 419.)

(3)   « C'est naturel *inclinement*
        » De vouloir garder son semblable. »
                (*Roman de la Rose.*)

(4)   « Fuy tous ces dons *nuisance* et reproche
        » Ils vont brûlant tout ce que d'eulx approche. »
                (CLÉMENT MAROT, l'*Amour fugitif.*)

        « Je n'ay visé en rien vôstre plaisance
        » Ne n'ay pensé pourtant à vous desplaire.
        » Pour vos plaisir ou pour vostre *nuisance*
        » Je ne diffère en rien. »

(*Complainte de la comtesse de Charrolois*, citée par Roquefort dans
son *Glossaire de la langue romane*, au mot NUISANCE.)

(5) Ce substantif était fréquemment employé au seizième siècle. On
le trouve dans Montaigne, Liv. XI, Chap. XVII.

(6) Le *Dictionnaire de l'Académie française*, qui mentionne ce
mot, l'indique en même temps comme vieux. Il était surtout à la
mode sous François Ier et sous Henri IV ; les poëtes de cette époque en
faisaient un fréquent usage.

(7)   « Où est le puits de malediction
        » Dont sans fin sort *desesperation*. »
(*Le Miroir de l'âme pécheresse*, poëme de la reine de Navarre, sœur
de François Ier, inséré dans le recueil intitulé : *Les Marguerites de
la marguerite des princesses*, Lyon, 1547, pag. 15.)

Mêmement (1)	pour	principalement.
Voirement (2)	—	vraiment.
Reciprocation (3)	—	réciprocité.
Aujord'hui (4)	—	aujourd'hui.

Je crois inutile de multiplier ces exemples.

Dans le langage rustique, certains substantifs conservent encore leur forme primitive, et sont employés par nos paysans. En voici quelques exemples :

Abre (5)	pour	arbre.
Assination (6)	—	assignation.
Aveine (7)	—	avoine.

---

(1) « Si Cumont peut *mesmement* appazoire (apercevoir) en ces paroles. » (*Sermon de saint Bernard,* cité par M. Orell, pag. 293.) Cet adverbe se lit fréquemment dans Amyot et Montaigne.

(2) « Ce sont *voirement* subtilités. » (MONTAIGNE , *Essais,* Liv. III , Chap. XII.) « Apollo lui fist réponse que ses lois estaient *voirement* fort belles. » (AMYOT, *Traduction de Plutarque.*)

(3) « Ce débat-là ne sentirait pas la *réciprocation* de remontrance contre remontrance. » (AMYOT , Œuvres morales , *Comment distinguer le flatteur d'avec un amy.*) Henry Estienne se sert souvent de cette expression, et notamment dans ses *Dialogues du françois italianisé,* pag. 205 à 246.

(4) « Car *hui* en c'est *jor* me manjai
» Si irai querre ma viande. »
(*Roman du Renard.*)

(5) Voyez pag. 25. — Vaugelas, *Remarques sur la langue françoise,* Paris, 1667, fait observer qu'autrefois on prononçait à la cour *ibre* pour *arbre.*

(6) Voyez pag. 19.

(7) Roquefort, *Glossaire de la langue romane,* et Robert Estienne, *Traité de la grammaire françoise,* pag. 107 , orthographient ainsi ce mot.

Berbis (1)	pour	brebis.
Clairté (2)	—	clarté.
Cemetière (3)	—	cimetière.
Cérimonie (4)	—	cérémonie.
Coronel (5)	—	colonel.

---

(1) On trouve ce mot dans les sermons de saint Bernard, dans la traduction *des Rois et des Machabées,* faite au onzième siècle ; on le rencontre également dans *les Lois de Guillaume le Conquérant,* § VI, qui furent promulguées vers 1069. Les anciens textes du douzième siècle portent toujours *berbis.*

(2)   « Autre soleil demeurant ici-bas,
» Jete sur nous une *clairté* plaisante. »
(AMADIS JAMIN.)
« J'ai vu tant de *clairtéz,* de thrésors et d'attraits. »
(DESPORTES, *Amours d'Hippolyte,* Sonnet 80.)
« Sans voile et sans *clairté.* »
(Même auteur, *Amours de Diane,* Liv. Ier, Sonnet 12.)
« Que la *clairté* cède à la nuit. »
(PELETIER, *Opuscules imprimées à la suite de l'Art poétique,* édition de 1555, pag. 106.)

(3) Rutebeuf, T, I, pag. 274. écrit *semetière.*
Peletier, dans le *dialogue* précité, nous apprend, pag. 154, que de son temps ce mot s'écrivait et s'articulait ainsi. Nos paysans ont conservé cette expression, qu'ils prononcent conformément à la règle indiquée ci-dessus, pag. 28, c'est-à-dire *semquère.*

(4) « Nous ne sommes que *cerimonie,* la *cerimonie* nous emporte..
» La *cerimonie* nous deffend d'exprimer par paroles les choses licites
» et naturelles et nous l'en croyons. » (MONTAIGNE, *Essais,* Liv. II, Chap. XVII.)
« Et au jour assigné ne faillirent à comparaître avecque toutes ces *ce-*
» *rimonies* en ce requises. » (BRANTOME, *Discours sur les duels,* pag. 5.)
Ceremonie vient du latin *cerimonia.* L'*Epithoma vocabularum* de Guillaume de Villedieu, publié en 1529, traduit également ce mot par *cerimonie.*

(5) « La dénomination, dit Epistemon à Pantagruel, de ces deux
» vostres *coronelz,* Riflandouille et Tailleboudin, en cestuy conflict,

Declairation (1)	pour	déclaration.
Eprevier (2)	—	épervier.
Fumelle (3)	—	femelle.
Fremi (4)	—	fourmi.
Glaineur	—	glaneur.
Glaineuse	—	glaneuse.
Glaine	—	glane.
Glainage (5)	—	glanage.

nous promet assurance, heur et victoyre, si par fortune ces andouilles vous vouloyent oultraiger. » — « Vous le pouvez bien, dist Pantagruel, et me plaist que, par les noms de noz *coronelz* vous prevoyez et pronostiquez la nostre victoire. » (Rabelais, *Pautagruel* liv. IV, Chap. xxxvii.)

(1) Voyez pag. 80.

(2) Ce mot est employé dans la *Chanson de Roland*, Strophe cxv, vers 10.

(3)   « Se pencha sur un ruisseau
         » Pour caresser d'un grand zèle
         « A l'autre bord sa *fumelle.* »
Ronsard, Liv. II des *Poëmes,* édition de Paris, 1567, T. III, pag. 39.)

(4) Voyez, pag. 37.

(5) « Tous laboureurs ou fermiers des terres situées au dit baillage, peuvent, de leur authorité, par eux, leurs gens ou serviteurs oster aux *glaineurs* les *glaines* trouvées sur leurs champs avant l'enlèvement des gerbes; et amener les *glaineurs* és prisons, pour estre punis en justice. Mais les dits laboureurs, fermiers et autres, ne peuvent mestre, ne faire mestre par eux, leurs gens ou serviteurs, leur betail dans les dits champs, ne empescher, en quelque manière que ce soit, le *glainage :* si non vingt-quatre heures après la vuidange d'iceux champs sur peine de confiscation de leur dit betail, et d'amande arbitraire. Et sera le semblable observé contre les grappeurs des vignes. » (*Coûtume de Melun,* art. 347.)
Les mêmes expressions *glaineur, glainage, glaine* se trouvent employées dans l'art. 190 de la *Coutume d'Etempes.*
« Ainsi que le suppliant batoit un pou de *glaines* ou gerbes de blé. » Lettres de rémission de 1427 citées par Carpentier, *Glossarium novum ad scriptores medii œvi,* Paris, 1766, au mot Glana.)

Guernier (1)	pour	grenier.
Pauverté (2)	—	pauvreté.
Reume (3)	—	rhume.
Dépens (4)	—	dépense.
Goutes (5)	—	goutte.

(1) « Si mon bled étoit dans mon *guernier* et si *guernier* fondoit
» ou perçoit en telle mani're, que nos bleds choist en un autre
» *guernier* sur le bled daulcun. » (BEAUMANOIR, *les Coûtumes du
Beauvoisis.*)

« Partie pardessoubz le cœur et *guernier* du dit heritage vendu... »
(Acte de vente de 1459, cité par Roquefort, *Glossaire de la langue romane*, Supplément, T. III, au mot EXEU.)

(2)   « Rien a cinq ans qu'ai chi devant esté
      « Ne puis veoir rien de lor *poverté.* »
                (OGIER, poëme du douzième siècle, vers 7590.)
Ce mot se trouve également dans le *Glossaire* de Roquefort.

(3) « Je l'en voudrois bien supplier, espérant moy mesmes lui dire
» en riant, et afin que Madame ne treuve estrange ma demourée, luy
» dire que j'ay ung *reume* si grand, que j'en ai esté comme enfrémée,
» et de vray je n'en ouse saillir de la chambre, et sus le tout je vous
» prie m'en mander vostre avis. » (*Lettres de Marguerite d'Angou-
léme,* sœur de François Ier, reine de Navarre, publiées par M. Génin,
T. Ier, pag. 226.) — Guillaume Morel, *Thesorus vocum ominum latinarum,* Paris, 1622, traduit *rheuma* par *rheume.*

(4) Ce substantif est masculin pluriel :
« Mais le bon roi respondoit qu'il aimoit mieulx faire grans *depens* à
» faire aumosnes que en bonbans et vanitez. » (JOINVILLE, *Histoire de
saint Louis,* Paris, 1668, pag. 124.)

(5) Nos paysans emploient ce substantif au pluriel, quand ils veulent
désigner la maladie connue sous le nom de *goutte.* Tel était à cet égard
l'usage chez nos anciens auteurs :

      « Car, quant el oit bruire le vent,
      » Ou el ot saillir deus langotes
      » Si l'en prennent fièvres et *gotes.* »
                (*Roman de la Rose,* vers 3898.)

« Et le bon roi me dist, qu'ils me decepvoient, et me conseilla de
» tremper mon vin; et que si je ne apprenoye à le tremper en ma jeu-

Il faut aussi placer dans ce chapitre les verbes désignés pages 48 et suivantes.

---

nese, et que je le voulisse faire en vieillesse, *les goutes* et les maladies que j'avoye en la fourcelle (estomac) me croistraient plus fort. » Joinville, *Histoire de saint Louis,* pag. 5.)

On lit dans le *Dictionnaire universel* de Furetière, La Haye, 1727, au mot Goutte : « Les *gouttes* proviennent de deux causes... On dit qu'un homme n'a pas les *gouttes,* quand il s'enfuit de vitesse ; qu'il est perdu de *gouttes*, quand il est noué et presque perclus. »

X

DE CERTAINS MOTS

PLUS LONGS DANS LE LANGAGE RUSTIQUE QUE DANS
LE LANGAGE GRAMMATICAL DE NOS JOURS.

———————

On rencontre, dans le langage rustique, certains
mots qui, comparativement à l'orthographe moderne,
se trouvent allongés d'une syllabe. Tels sont les mots
suivants, qui se prononçaient et s'écrivaient ancien-
nement de même que les prononcent de nos jours les
habitants de nos campagnes. Ainsi, dans le langage
rustique on dit :

Esperit (1)   pour esprit

———————————————

(1)   « He ! Diex, dist-il, sains *Esperis.* »
    (*Fabliaux et contes,* publiés par Barbazan, T. IV, pag. 52.)
       « Car l'on ne peult *l'esperit* confiner
       » Soulz nulle loy ny son vouloir muer. »
(*Chanson sur la bataille de Pavie,* composée par le roi François Ier,
    pendant sa captivité à Madrid (année 1525), *Recueil de chants his-*
    toriques français, publié par M. Leroux de Lincy, IIe série, pag. 95.)
    Esperit se lit aussi dans Rabelais et Clément Marot.
    Nicot, dans son *Trésor de la langue françoise et latine,* écrit
esperit et *esprit.*

Larecin (1)   pour larcin
Mairerie (2)   —   mairie
Soupecon (3)   —   soupçon

Les mots tirés du latin et ayant en cette langue pour

---

(1) Ce mot est orthographié de cette manière dans les *Lois de Guillaume le Conquérant* (§ IV et XXXI), qui, comme nous l'avons déjà dit, remontent au onzième siècle. L'expression *larrecin* se lit aussi dans la *Coutume de Beauvoisis*, Chap. XXXI, et dans *le Conseil* de Pierre de Fontaines, jurisconsulte du treizième siècle, édition publiée par L. Marnier, Paris, 1846, pag. 214 et 319.)

(2) Nicot, *Trésor de la langue françoise*, Paris, 1606, s'exprime ainsi : « *Mairerie* est ores l'office du maire comme si l'on disoit *majoratus*. Et ores le ressort et estendue de la justice de tel office tout ainsi qu'on dit la prevosté de Paris s'étend à tel et tel lieu. Ainsi dit-on la *mairerie* de tel lieu est vacante et la *mairerie* d'icelui lieu est en ceste signification adjoustait-on ce mot *justice*, disant : la *mairerie* et *justice* de Gatius Duchenoy. »
Monet, *Inventaire des deux langues françoise et latine*, Lyon, 1636, écrit également *mairie* et *mairerie* du palais.
Cotgrave, *Dictionnaire françois-anglois*, emploie aussi le mot *mairerie*.
Une médaille frappée en 1689, porte ces mots : « De la *mairerie* de M. du Brossay Cassard, juge criminel. »
Je dois à l'obligeance de M. Ph. Salmon, avocat à Sens et numismate aussi savant que modeste, la communication de ce précieux renseignement.

(3) Nicot, dans l'ouvrage cité plus haut, écrit *soupeçon;* il donne plus de vingt exemples de ce mot ainsi orthographié. Monet, ouvrage précité, emploie indifféremment *soupeçon* ou *soupçon*.
« ... Et que les ennemis troublés et espouvantés de ton secours ne puissent avoir aucun regart, *présumpcion* ou *souspeçon* de mal à l'encontre de moi. » (Le *Ménagier de Paris*, traité de morale et d'économie domestique, composé vers 1393 et publié par la société des *bibliophiles français*, Paris, 1846, T. Ier, pag. 12) « Fuyez compagnie *soupeçonneuse* et jamais femme *soupeçonneuse* ne approchiez. » (Même ouvrage, pag. 15.)
Ce fut vers le milieu du dix-septième siècle que la seconde syllabe des mots *mairerie* et *soupeçon* disparut de l'orthographe et de la prononciation régulières.

lettres initiales les consonnes *st, sp, sc,* etc., commencent en français par la voyelle euphonique *e. Spongium,* esponge (1), *strangulare,* estrangler, *stannum,* estain, *spiritus,* esprit, *spatium,* espace, etc.

De même pour les mots empruntés à l'italien : *spada,* espée, *strano,* estrange. A cet égard, M. Génin, *Des Variations du langage français,* page 7, fait les observations suivantes : « Vous n'en trouverez, dit-il, pas un seul qui échappe à cette loi, ou bien ceux que vous trouverez, vous pouvez conclure sûrement qu'ils sont de formation moderne. C'est un indice de l'âge des mots. *Spectre, squelette, spectacle,* sont tard venus dans la langue. *Espace, estomac,* sont anciens; les adjectifs *spacieux, stomachal* sont modernes. Quand on les a faits, depuis longtemps était observée la règle qui doit présider à la formation des mots, et par laquelle nos pères obviaient à la dureté des doubles consonnes initiales. »

Les paysans, fidèles observateurs des vieilles traditions, ont conservé l'habitude d'ajouter un *e* euphonique devant la première syllabe de tous les mots qui dans notre langue commencent par les consonnes *st, sp, sc.* Ainsi ils disent :

Estacion	pour	station.
Estable	—	stable.
Estatue	—	statue.

(1) La consonne *s* de la première syllabe des mots *esponge, estrangler, estain, espée, estrange,* a été retranchée de l'orthographe et de la prononciation vers la fin du dix-septième siècle.

Esterilité	pour	stérilité.
Estudieux	—	studieux.
Estupefait	—	stupéfait.
Estylet	—	stylet.
Esquelette (1)	—	squelette.
Espectaque (2)	—	spectacle.
Especial	—	spécial.
Espécialité	—	spécialité.
Especulation	—	spéculation.
Espirituel	—	spirituel.
Escorpion (3)	—	scorpion.
Escabreux	—	scabreux.
Escandale	—	scandale.
Escandaleux	—	scandaleux.
Estratageme (4)	—	stratagême.
Escribe, etc.	—	scribe, etc.

Cette règle est généralement suivie dans le langage rustique; aussi, comparativement au langage grammatical, les mots de l'espèce ci-dessus se trouvent dans la langue de nos campagnes augmentés d'une syllabe. Je range également dans cette catégorie les locutions suivantes qui sont fréquemment employées par nos gens de campagne.

---

(1) Voyez pag. 36.
(2) Voyez pag. 22.
(3) Ce mot s'écrivait ainsi au treizième siècle.
　　　« *Escorpion,* serpent et guivre
　　　» L'ont assailli. »
　　　　　(Rutebeuf, T. 1er, pag. 83.)
(4)　« Là estoient représentéz plusieurs braves *estratagêmes.* »
　　　(*Satyre Ménippée,* suivant la copie de l'an 1594.)

Elles étaient autrefois en usage et se trouvent dans les écrits des anciens auteurs.

Ainsi nos paysans disent :

Tant seulement (1)	pour seulement.
Tretous (2)	— tous en général.
A ce matin (3)	— ce matin.

---

(1) « Se (si) nous sommes chi *tant seulement* cinq jours sans autre » seans de viande, grand merveille iert se nous en sommes tous » morts. » (GEOFFROI DE VILLE HARDOIN, *De la Conquête de Constantinople.*)

« Vous estes mon soleil, je suis vostre souci
» Mourrant *tant seulement* aux rois de vostre veu. »
(DESPORTES, les *Amours de Diane,* Liv. Ier, Sonnet 63.)

(2)   « Tenez, bel sire, dit Roland à sun oncle
» De *tristus* reiz vus présent les curunes. »
(*Chanson de Roland,* publiée par M. Francisque Michel, pag. 16.)

« Li amiralz te *trestus* les esmus. »
(Même ouvrage, pag. 108.)

« Et lorifan ki *trestuz* les escluret. »
(*Ibid.,* pag. 128.)

« Je perdis *trestous* mes amis. »
(*Roman de la Rose.*)

« Buvons ainsi, buvons *tretous.* »
(RABELAIS, *Pantagruel.*)

J'ai une chanson faite par un prisonnier où il y a ce traint : « Qu'ils » viennent hardiment *trestous* et s'assemblent pour dîner de lui. » (MONTAIGNE, *Essais,* Liv. Ier, Chap. XXX.)

« Prenons *tretous* courage. »
(*Chanson sur le connétable de Bourbon,* année 1525. Elle se trouve insérée dans le recueil publié par M. Leroux de Lincy et que j'ai cité précédemment.)

(3) « Vraiment tu es bien acresté *a ce matin.* » (RABELAIS, *Gargantua.*) « Il avait *a ce matin,* en deuz fois. » (*Pantagruel,* Liv. IV, Chap. XVII.) « *A cestui matin.* » (Même page.)

Tout brandi (1)	pour	sans préparation.
Toutefois et quant (2)	—	toutes les fois que.
A tout le moins (3)	—	au moins.
A seule fin ou à cette fin que (4)	—	pour que.
Un chacun (5)	—	chacun.
Tout partout (6)	—	partout.
D'aucuns (7)	—	quelques-uns.
Faire asavoir (8)	—	faire savoir.

(1) Rabelais dans *Pantagruel,* Liv. IV, Chap. XVII, se sert de cette expression.

(2) Cette locution brillait à la cour de François Ier. On la rencontre souvent dans les écrivains de cette époque.

« Et pourtant je serais d'avis que *toutefois et quantes.* » (LOUIS MAIRET, *Traité de la Grammaire françoise,* Paris, 1550, pag. 10.)

« Il faut aussi entendre que *toutefois et quant* que vous trouverez. » (Même ouvrage, pag. 17.)

(3)   « *A tout le moins,* il nous souvienne,
» Des propos tenus en ce lieu. »
               (CLÉMENT MAROT.)

        « Tous tes péchés confesseras,
» *A tout le moins* une fois l'an. »
        (Commandement de l'Eglise.)

(4)   « *A celle fin* qu'il n'y ait faute en elle. »
        (CLÉMENT MAROT, Epistre XXVIII au roi.)

(5) « Afin que par le moyen des bonnes prières publiques, particulièrement *d'ung chacun* de nos subiects, etc. » (*Lettre de Henri IV aux maire et eschevins de Bourges pour annoncer la naissance du Dauphin,* 27 septembre 1601.)

(6)   « *Tout partout* pères on les nomme. »
        (CLÉMENT MAROT, Colloque d'Erasme, intitulé *Virgo.*)

(7) « Il y en a *d'aucuns* qui prennent des maris seulement pour se tirer de la contrainte de leurs parents. » (MOLIÈRE, *le Malade imaginaire,* Acte II, Scène VII.)

(8) Voyez page 79.

        « Je vous fait *asavoir* qu'ils viennent. »
        (RUTEBEUF, T. Ier, pag. 257.)

Les ceux	pour	ceux.
Les celles (1)	—	celles.

---

(1) L'usage de placer l'article devant le pronom démonstratif remonte au treizième siècle, et s'est conservé depuis cette époque dans le langage des habitants de nos campagnes et de quelques-unes de nos provinces.

FALLOT, *Recherches sur les formes grammaticales de la langue françoise*, pag. 63, cite entre autres exemples, celui-ci : « A tous les » ceaux *(ceux)* a qui ces lettres vendront. » (*Acta de Rimer*, nouvelle édition de Londres, T. Ier, pag. 481.)

XI

DES CONTRACTIONS

DANS LE LANGAGE RUSTIQUE.

Le resserrement de deux syllabes en une seule, ou e retranchement d'une ou de plusieurs syllabes inales que l'on appelle, en termes de grammaire, *syncope* et *apocope*, a fréquemment lieu dans le langage rustique des environs de Paris. Ainsi on entend lire aux paysans :

Cmande	pour	commande.
Cmander	—	commander.
Cmandant	—	commandant.
Cmandment	—	commandement.
Cmédi	—	comédie.
Cmédien	—	comédien.
Cment	—	comment.
Cmencer	—	commencer.

10

Cmencement	pour	commencement.
Cmode	—	commode.
Cmodément	—	commodément.
Cmunion	—	communion.
Cmunier	—	communier.
Cmunément	—	communément.
Arté	—	arrêté.
Arter (1)	—	arrêter.
Propment	—	proprement.
Bni	—	béni.
Bnir	—	bénir.
Bnédiction	—	bénédiction.
Bniquié	—	bénitier.
Porclaine	—	porcelaine.
Pti	—	petit.
Chti	—	chétif.
Blète	—	belette.
Adoucisment	—	adoucissement.
Matlas	—	matelas.
Pre	—	premier.
Segue	—	second.
Ter	—	troisième.
Der	—	dernier.
Peupe	—	peuplier.
Cor	—	encore.
Pa	—	papa.
Man	—	maman.
Paravant	—	auparavant.
J'te	—	Je te.
J'le	—	Je le.

(1) Cette contraction existe également dans toute la conjugaison de ce verbe.

J'nous	pour	Nous nous.
J'vous	—	Je vous.
J'teul	—	Je te le.
J'voul (1)	—	Je vous le.

Je crois inutile de multiplier ces exemples, qui pourraient s'étendre sur plus de quatre mille mots. Les règles indiquées dans la première partie de cet ouvrage, pages 9, 10 et 11, suffisent à la preuve de cette assertion. J'ai aussi noté, pages 80 et 81, certaines syncopes qui s'appliquent aux participes passés de quelques verbes.

Il me reste encore à indiquer quelques formes contractes qui étaient autrefois en usage dans notre ancienne langue et dont nos paysans font un fréquent emploi.

Telles sont les expressions suivantes :

A s'teure (2)	pour	à cette heure, maintenant.
Av'ous	—	avez-vous.

---

(1) Pour mieux préciser les choses, je citerai les phrases suivantes, dans lesquelles les six expressions ci-dessus se trouvent réunies :

J'te dis que t'a tor, pour *je te* dis que tu as tort.

J'le veu ben, pour *je le* veux bien.

J'nous vouéron d'main pour *nous nous* verrons demain.

J'vou voué v'nir, pour *je vous* vois venir.

J'teul donne, pour *je te* le donne.

J'voul dis, pour *je vous* le dis.

(2) « Madame, tout *à steure*, ynsi que je me vouloys mettre o lit, est arrivé Laval, lequel m'a aporté la sertencté du levement du syège de Mesyères. » (Lettre de François Ier à sa mère ; elle est rapportée dans le *Recueil des chants historiques français*, de M. Leroux de Lincy, 1re série, pag. 13).

Sav'ous (1)	pour	savez-vous.
Ç'a été (2)	—	ceci, cela a été.

---

(1) Ces contractions *av'ous* et *sav'ous*, se rencontrent dès le treizième siècle chez les poëtes et les prosateurs. Mais, surtout au seizième siècle, elles se montrent en pleine vigueur. On les voit briller au Louvre sous François Ier et Henri III. Ce n'est que vers la fin du seizième siècle, comme l'atteste Théodore de Bèze (*De francicæ linguæ pronunciatione tractatus*, pag. 84), que ces expressions furent exclues du langage de la bonne compagnie.

> « Et dire osant par façon trop légère
> » Pourquoi *av'ous* espousé l'estrangère? »

(*Le Miroir de l'âme pécheresse*, pag. 35; ce poëme est de Marguerite de Valois, sœur de François Ier. Il fait partie du recueil intitulé : *Les Marguerites de la Marguerite des princesses*, Lyon, 1547).

> « Mais, *qu'avons* fait voyant ma repentance? »
> (Même poëme, pag. 36.)

> « *Av'ons* souffert que je fusse huée,
> » Montrée au doigt, ou battue, ou tuée?
> » M'avez-vous mise en prison très obscure,
> » Ou bannie, sans avoir de moi cure?
> » *M'avons* osté vos dons et vos joyaux
> » Pour me punir de mes tours desloyaux?
> » . . . .
> » . . . .
> » A tout le moins *av'ons* point faict deffense
> » Que jamais plus devant votre presence
> » M'eusse avenir, comme c'estait raison,
> » Ne plus rentrer dedans vostre maison. »

> (*Le Miroir de l'âme pécheresse*, pag. 41 et 42.)

> « Hé, sire, imposez-lui silence,
> » *N'avous* honte de tant debatre
> » A ce bergier pour trois ou quatre
> » Vieilles brebiailles ou moutons,
> » Qui ne vallent pas deux boutons. »

> (PATHELIN, *Farce à quatre personnages*, Paris, 1523.)

(2) Et, à une misérable condition comme est la nostre, *ç'a* esté un très-favorable présent de nature que l'accoutumance, qui endort nostre sentiment à la souffrance de plusieurs maulx. (MONTAIGNE, *Essais*, L. III, chap. IX.)

Queu ou queul (1)	pour	quelque.
Qui qui (2)	—	qui que ce soit qui.
Qu'a	—	qui a.
Qu'avait	—	qui avait.
Qu'est	—	qui est.
Qu'était	—	qui était.
Qu'aime	—	qui aime.
Qu'use (3)	—	qui use.
Sui (4)	—	celui.
Quil' (5)	—	qui le.

(1) Autrefois, comme je l'ai fait observer ci-dessus, page 93, *quel* était toujours adjectif et *que* toujours adverbe. Par exemple, on disait *quel* puissant *que* vous soyez, vous ne me faites pas peur ; et non avec un double emploi, *quelque* puissant *que* vous soyez. Différents passages de nos vieux auteurs, et entre autres ce vers de la *Chronique des ducs de Normandie*, prouvent suffisamment cette assertion.

« *Queu* mer orrible qu'il trovassent. »
(T. II, vers 27550.)

C'est-à-dire en français moderne :

« *Quelque* mer horrible *qu'ils* trouvassent. »

Cette forme ancienne se fait encore remarquer dans le langage de nos campagnes.

(2) C'est ainsi que nos aïeux parlaient et écrivaient :

« Et *qui qui* eschairoit, c'il en estoit temoingniez, il paieroit vingt » solz. » (*Histoire de Metz*, Preuves, édition de 1775, T. III, pag. 195.)

(3) Quand le pronom relatif *qui* est suivi d'un verbe commençant par une voyelle, les paysans retranchent toujours l'*i* final. Par exemple, ils ont ce proverbe : Sui *qu'aime* ben à travayer, aime ben à manger, pour celui *qui aime* bien à travailler, aime bien à manger. Ils disent aussi : c'est un garçon *qu'use* son temps à rien faire, pour c'est un garçon *qui use* son temps à ne rien faire, etc.

Cette élision avait également lieu dans notre ancienne langue. Voyez ci-après, pag. 114, note 1.

(4) Voyez page 81, note 2.

(5) Nos paysans font usage de cette phrase : C'est lui *quil' veut*,

10 *

Qu'a	pour	qui a.
Qu'avait	—	qui avait.
Qu'est	—	qui est.
Qu'était (1)	—	qui était.
Y a	—	il y a.
Y avait	—	il y avait.
Tant y a que (2)	—	tant il y a que.

Une tendance habituelle à resserrer les mots se fait surtout remarquer dans le langage rustique des environs de Paris. C'est elle qui imprime à la langue de nos campagnards ce caractère particulier qui la distingue des autres dialectes appartenant aux différentes provinces de France. Comme on a pu l'observer, page 102, si certains mots d'une étendue plus longue que celle qu'ils ont actuellement dans le langage grammatical, sortent encore de la bouche de nos paysans, ce ne sont là que quelques rares exceptions

---

pour *qui le veut.* On rencontre cette forme employée dans la *Chanson de Roland,* strophe CLXXIII, vers VI :

« De Carlemagne sun seignor *ki l'nurrit.* »

(1) « Et le mirent dans une chambre
» Qu'on ne voirait jour ne nuit
» Que par une petite fenestre
» *Qu'estoit* au chevet du lit. »

(*Chanson sur la bataille de Pavie* (1525); *Recueil de chants historiques français*, publié par M. Leroux de Lincy, 2e série, pag. 93.)

« Ha *qu'estoit* un homme savant ! »
(PATHELIN, *Farce à quatre personnages*, Paris, 1523.)

(2) « Mais tant *y a* que la pluspart des vices, je les ay de moy mesme
» en horreur. » (MONTAIGNE, *Essais,* Liv. II, Chap. XI.)

« Tant *y a* que les affaires vont à souhait. » (Lettres de Marguerite d'Angoulême, reine de Navarre, sœur de François Ier, T. Ier, pag. 205.)

qui tiennent à la nature même des habitudes rus-
iques, à ce respect que l'on y conserve pour les
usages traditionnels du foyer de la famille. Mais les
ormes contractes dominent et se multiplient dans le
angage de nos gens de campagne. En abrégeant les
mots, elles leur enlèvent souvent leur rudesse primi-
ive et leur donnent une articulation facile et rapide.

Je n'étendrai pas plus loin ces réflexions. En effet,
es limites étroites dans lesquelles j'ai voulu ren-
ermer cet ouvrage tout spécial, rendent ici, comme
dans les autres parties qui le composent, la concision nécessaire.

FIN.

TABLE DES DIVISIONS

118

ERRATA

Page 28, ligne 7 : *buss* lisez *brus*.

Page 54, note 2, ligne 8 : *ue* lisez *éu*.

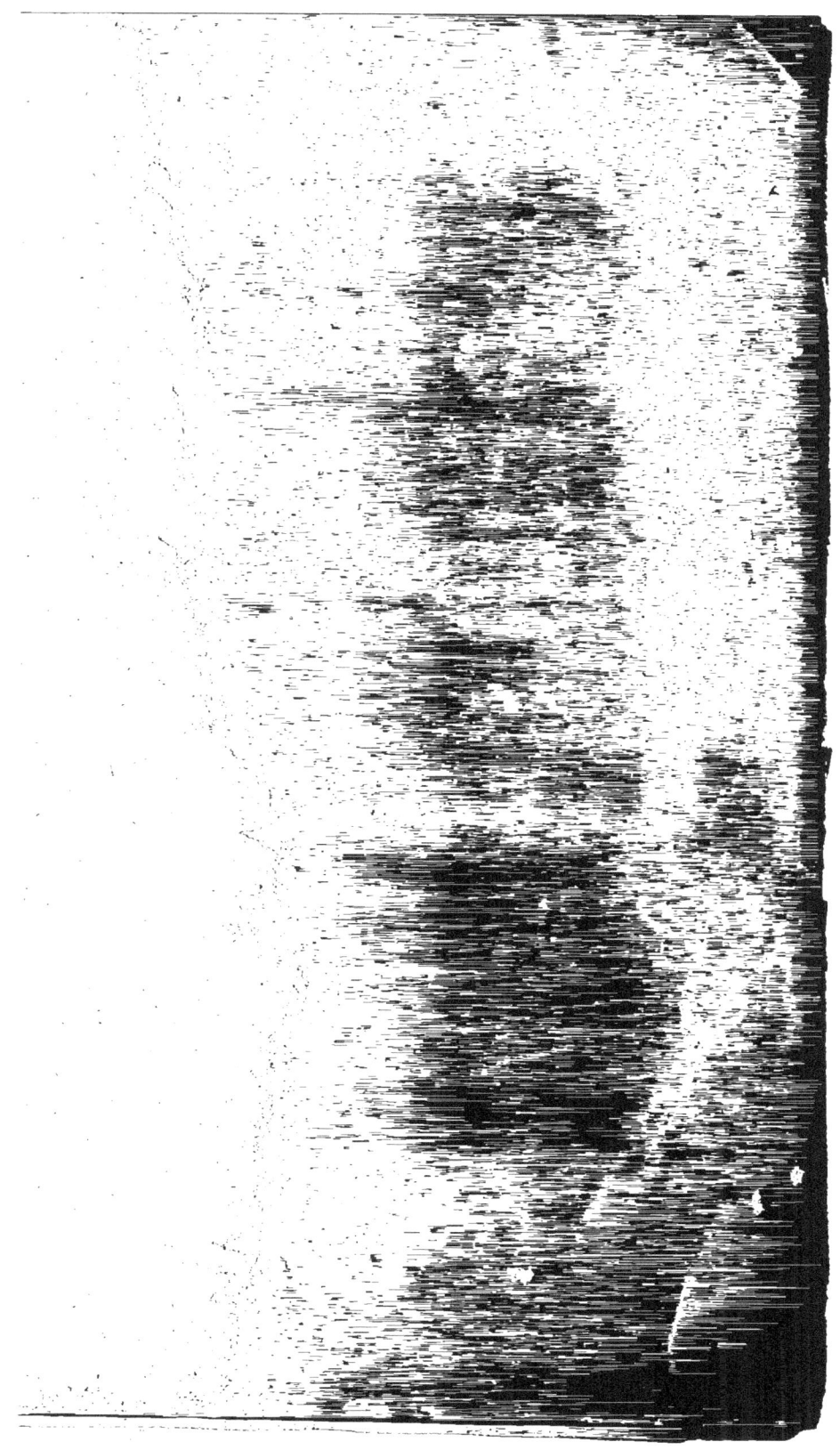

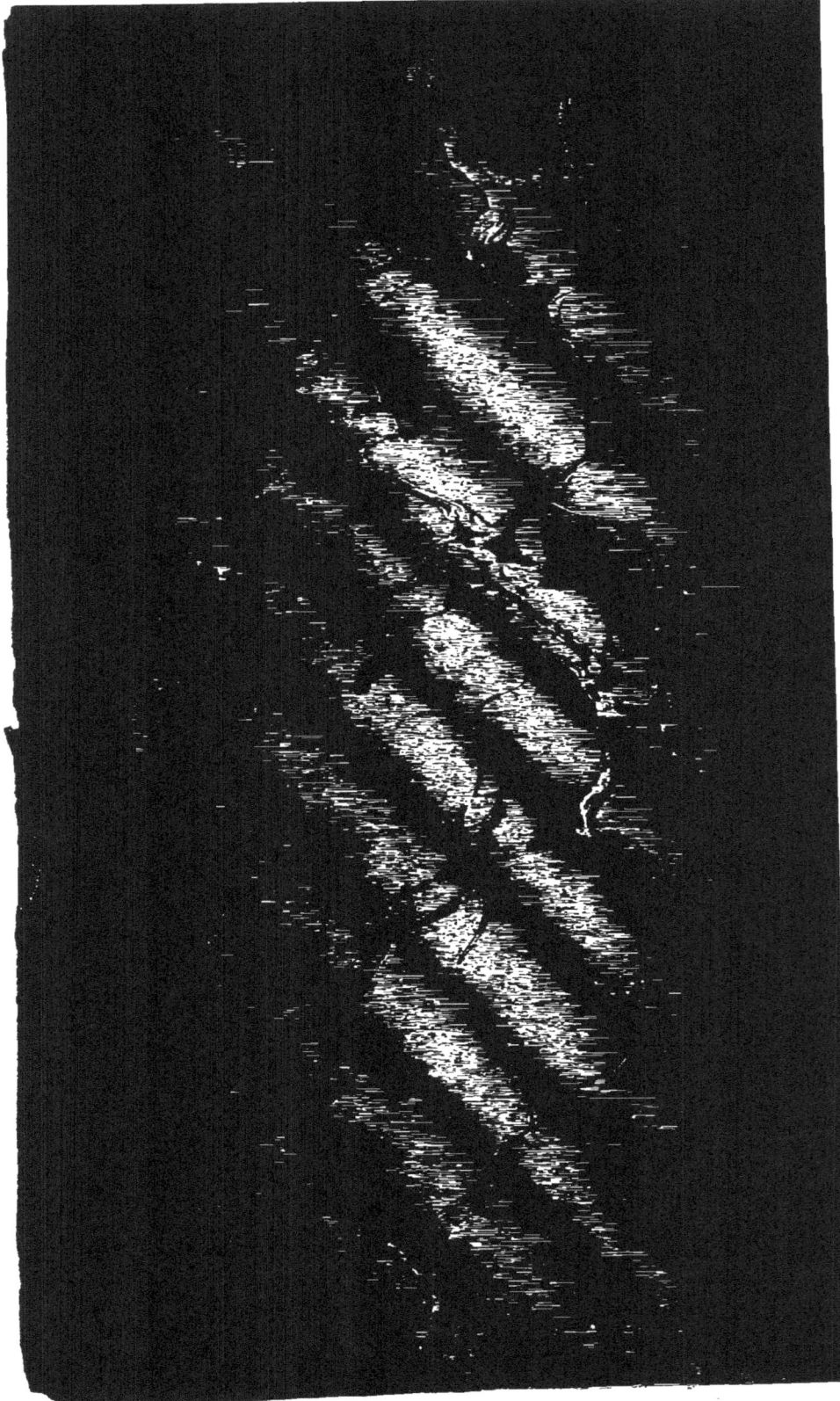

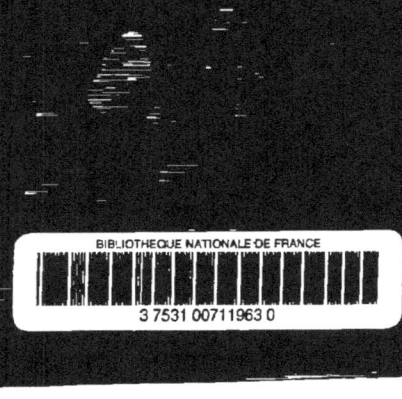

Les Charmeuses
par
André Lemoyne
Eaux-Fortes de L. G. de Bellée
Feyen Perrin
et
Lecomte
Firmin Didot

LES CHARMEUSES

6637

ANDRÉ LEMOYNE

LES CHARMEUSES

EAUX-FORTES

de L. G. de Bellée, Feyen-Perrin

et Édouard Leconte

FIRMIN DIDOT FRÈRES, FILS ET Cⁱᵉ

56, RUE JACOB

LES CHARMEUSES.

LES CHARMEUSES.

À Jules Claretie.

LES NAGEURS.

O filles de la mer, loin des bords égarées,
Quand les flots s'empourpraient aux lueurs du couchant,
Nous avons entendu votre merveilleux chant
Épanouir en chœur ses voix enamourées.

Mais nous sommes en vain de robustes nageurs :
Nous fatiguons nos bras sans pouvoir vous atteindre ;
Et voici bientôt l'heure où le jour va s'éteindre :
Là-bas l'horizon perd lentement ses rougeurs.

Obstinés à vous suivre, oublieux de la terre,
Nous avons aperçu le dernier goëland,
Inquiet du rivage, à grande aile volant,
Qui cherchait son chemin dans le ciel solitaire.

Quel est donc le secret de vos enchantements,
O filles de la mer, ardemment désirées?
Nous vous avons tendu nos mains désespérées :
Vous échappez toujours à nos embrassements.

Notre vigueur s'épuise, et les vagues sont fortes.
Quand la nuit descendra sur les flots assombris,
Nous irons au hasard, comme de vains débris,
Roulés dans les courants avec les algues mortes.

Sous le charme fatal de vos regards moqueurs,
Avant qu'un froid écueil brise nos folles têtes,
Daignerez-vous au moins nous dire qui vous êtes?
Les mourants voudraient voir la place de vos cœurs.

LES CHARMEUSES.

Oui, jeunes amoureux, vous saurez qui nous sommes.
Sous notre beau sein nu, notre cœur est absent.
Vous n'y trouveriez pas une goutte de sang.
Autrefois nous avons vécu parmi les hommes.

Nous fûmes autrefois des martyres d'amour.
On a dû vous parler de ces vierges trompées,
Nombreuses légions de l'abîme échappées,
Sur mer apparaissant vers le déclin du jour?

Pour avoir bu le fond de la souffrance humaine,
Nous voyons aujourd'hui froidement les douleurs.
Nous avons tant pleuré que nous rions des pleurs
Des pauvres soupirants que le flot nous amène.

Nous respirons la fleur de vos amours naissants,
Lorsque par un temps clair nous chantons à voix pures,
En traînant sur les eaux nos grandes chevelures
Où se prennent les cœurs des beaux adolescents.

Vous descendrez tout droit aux grottes sous-marines,
Morts dans votre jeunesse et dans votre beauté;
Et nous vous coucherons dans un lit incrusté
De nacre, de corail, d'ambre et de perles fir es.

Les riches mousses d'or serviront d'oreiller;
De larges fucus verts brodés de coquillages
Vous feront des rideaux à merveilleux ramages,
Et loin des bruits d'en haut vous pourrez sommeiller.

Là ne descend jamais la houle des orages.
Le jour tombe assoupi dans l'abîme dormant
Où l'Océan profond, calme éternellement,
Est pur comme le ciel au delà des nuages.

MATIN D'OCTOBRE.

MATIN D'OCTOBRE.

A Jules Breton.

Le soleil s'est levé rouge comme une sorbe
Sur un étang des bois : — il arrondit son orbe
Dans le ciel embrumé, comme un astre qui dort ;
Mais le voilà qui monte en éclairant la brume,
Et le premier rayon qui brusquement s'allume
A toute la forêt donne des feuilles d'or.

Et sur les verts tapis de la grande clairière,
Ferme dans ses sabots, marche en pleine lumière
Une petite fille (elle a sept ou huit ans).
Avec un brin d'osier menant sa vache rousse,
Elle connaît déjà l'herbe fine qui pousse
Vive et drue, à l'automne, au bord frais des étangs.

Oubliant de brouter, parfois la grosse bête,
L'herbe aux dents, réfléchit et détourne la tête,
Et ses grands yeux naïfs, rayonnants de bonté,
Ont comme des lueurs d'intelligence humaine :
Elle aime à regarder cette enfant qui la mène,
Belle petite brune ignorant sa beauté.

Et, rencontrant la vache et la petite fille,
Un rouge-gorge en fête à plein cœur s'égosille ;
Et ce doux rossignol de l'arrière-saison,
Ébloui des effets sans connaître les causes,
Est tout surpris de voir aux églantiers des roses
Pour la seconde fois donnant leur floraison.

FIN D'AVRIL.

FIN D'AVRIL.

A Joseph Boulmier.

Le rossignol n'est pas un froid et vain artiste
Qui s'écoute chanter d'une oreille égoïste,
Émerveillé du timbre et de l'ampleur des sons :
Virtuose d'amour, pour charmer sa couveuse,
Sur le nid restant seule, immobile et rêveuse,
Il jette à plein gosier la fleur de ses chansons.

Ainsi fait le poëte inspiré. — Dieu l'envoie
Pour qu'aux humbles de cœur il verse un peu de joie :
C'est un consolateur ému. — De temps en temps,
La pauvre humanité, patiente et robuste,
Dans son rude labeur aime qu'une voix juste
Lui chante la chanson divine du printemps.

DORMEUSE.

DORMEUSE.

A Gustave Godard.

Le soleil du matin tombe en bruine d'or
A travers les rideaux de blanche mousseline :
C'est comme un fin brouillard de lumière en sourdine
Éclairant l'oreiller d'une blonde qui dort.

Les cheveux, déroulés comme un torrent de soie
Riche de tous ses flots trop longtemps contenus,
Débordent sur l'épaule et baisent les seins nus
De la femme qui rêve... et sourit dans sa joie.

Elle s'épanouit sous des regards aimés :
L'amoureux ébloui contemple sa dormeuse,
Écoutant respirer la paisible charmeuse
Qui, dans un songe bleu, sourit les yeux fermés.

A travers les grands cils de ses paupières closes,
Il voudrait voir un seul de ses rêves charmants :
Quelle image apparaît à ses beaux yeux dormants ?
Cueille-t-elle des lys, des bluets ou des roses ?

Le sein veiné d'azur s'agite... elle a parlé
(La parole n'est pas un murmure d'abeille);
Un mot s'est échappé de sa bouche vermeille,
Un nom d'homme inconnu, très-bien articulé;

Nom sonore et vibrant dont toutes les syllabes
Comme un timbre d'or pur ont clairement tinté : —
Ce n'est pas lui qui rêve... il a trop écouté. —
Il n'est pas endormi dans les contes arabes.

Muet, anéanti, devant ce frais sommeil
Qui laisse voir le fond d'une pensée intime;
Sur la femme penché comme sur un abîme,
Il retient son haleine, épiant le réveil.

Mais toute à son bonheur la dormeuse paisible,
Comme souriant d'aise à l'écho de sa voix,
Répète le nom d'homme une seconde fois,
Et voici l'amoureux qui jette un cri terrible.

La blonde ouvre ses yeux divins : « Si tu savais...
(Lui dit-elle tout bas en lui baisant l'oreille)
— Dieu voit d'en haut la femme heureuse qui sommeille...
Par les sentiers fleuris du printemps je rêvais. —

« Tu n'as pas vu de fleurs si richement écloses....
Avril, mai, juin, juillet... N'as-tu pas deviné?
J'ai trouvé le beau nom de notre premier-né,
Tout en cueillant des lys, des bluets et des roses. »

LES GARDIENS DU FEU.

LES GARDIENS DU FEU.

A Saint-René Taillandier.

I.

En décembre les jours sont de courte durée,
Notre zone brumeuse est à peine éclairée :
A la pointe du Raz, dès quatre heures du soir,
Le soleil tombe en mer, la nuit jette son voile ;
Et jusqu'au lendemain pas un rayon d'étoile
Sur la côte où le flot se brise, tout est noir.

De la pointe du Raz aux bancs de la Gironde,
Écumeur éternel, partout l'Océan gronde,

Sur des milliers d'écueils multipliant son bruit
(Autant d'écueils, autant de souvenirs funèbres).
Cette voix de la mer, parlant seule aux ténèbres,
Est sinistre durant quatorze heures de nuit.

Et surtout quand on pense aux nombreux équipages
Qui, par les soirs d'hiver, poussés dans nos parages,
Reviennent fatigués d'un voyage au long cours.
Ils ont vu le cap Horn ou les mers boréales ;
Mais les cœurs sont restés sur les grèves natales,
Comptant les jours des mois, et les heures des jours.

Du golfe de Biscaye aux passes de la Manche,
Le grand Océan sombre est dans sa fureur blanche ;
Il ne reconnaît pas les navires errants.
Ceux que nous attendons nous arrivent peut-être,
Et pas un astre au ciel ne daigne reparaître :
Tout le ciel est peuplé d'astres indifférents.

Mais de riches lueurs, vertes, rouges et bleues,
Apparaissent en mer, jusqu'à neuf et dix lieues,
Au marin dans la houle et dans la nuit perdu
D'où vient-elle si tard, cette clarté bénie?
Est-ce un regard puissant de quelque bon génie?
Non. — Du bord de l'abîme un homme a répondu.

Quand le ciel éteindra ses étoiles avares,
Pour éclairer l'espoir, l'homme a planté des phares
Sur les rocs, les écueils, la pointe des îlots;
Dès que meurt le soleil, la côte illuminée
Déploie avec lenteur une large traînée
De sa lumière ardente à l'horizon des flots.

Si le ciel est peuplé d'étoiles inutiles,
A Noirmoutiers, Penmarch; à Barfleur, aux Sept-Iles;
A l'avant de la terre, aux roches d'Ouessant;
Aux dunes de Saintonge, aux deux caps de la Hève,
Partout, à la même heure, une flamme se lève
Et jette dans la nuit un cercle éblouissant.

II.

Pour les navigateurs qui s'approchent des côtes,
Un homme toujours sûr veille à ces flammes hautes,
Prisonnier volontaire enfermé dans les tours;
Et le plus grand vaisseau vient du large sans craindre
Que la lampe du phare un instant laisse éteindre
Le rayon de salut qui doit briller toujours.

Ceux qui gardent le feu, les veilleurs invisibles,
Par les gros temps d'hiver ont des heures terribles,
Sur un roc, détaché du monde des vivants,
Où le nuage pleure, où le flot se lamente. —
Les phares sont debout au cœur de la tourmente,
Dans l'aveugle chaos des lames et des vents.

Il faut avoir le pied marin par intervalles :
Leurs tiges de granit, sous le fouet des rafales,
Oscillent brusquement comme de longs roseaux.
Il semble que parfois la tour déracinée,
Par la rafle du vent tout d'un bloc entraînée,
Comme un arbre arraché disparaît dans les eaux.

Mais le phare est solide et tient bon. — L'homme veille.
Tous les bruits de la mer ont usé son oreille.
Il n'entend pas les cris d'oiseaux tourbillonnants,
Hors d'haleine, accourus dans un vol de tempête,
Affolés de lumière à se briser la tête
Aux grands vitrages clairs de ces feux rayonnants.

Comme il ne peut rien voir, il ne peut rien entendre;
Mais l'oreille est au cœur. — Il croit, à s'y méprendre,

Reconnaître des voix dans le flot déferlant...
Un adieu qui s'éloigne, un long sanglot qui passe...
Il écoute.... Quelqu'un heurte la porte basse,
Comme un ami perdu qui frappe en le hélant.

L'étrange illusion du veilleur est si forte
Qu'il bondit pour descendre à sa petite porte,
Dans le débordement des eaux, prêt à l'ouvrir.
Il touche au verrou froid, — il s'apaise, il remonte,
Songeant qu'à l'horizon plus d'un navire compte
Sur la clarté d'en haut qui ne doit pas mourir.

Elle étouffe son cœur, la pauvre sentinelle,
Dans cette longue nuit qui lui semble éternelle.
Une bande grisâtre annonce enfin le jour.
Le ciel blanchit au large. — On voit clair. — La marée
Comme un mince fil bleu s'est au loin retirée;
Et l'homme, respirant, s'échappe de sa tour.

III.

J'aime à penser à vous, lampes si bien gardées,
Comme au symbole pur des plus saintes idées

Que Dieu jette au foyer d'un cœur simple et fervent.
Si la foi n'est qu'un mot, et l'espérance un doute;
Si, par la nuit, un peuple est surpris dans sa route,
Quelques hommes, pour tous, gardent le feu vivant.

On ne sait pas le nom de ces êtres paisibles;
Dans le grand bruit du siècle ils passent invisibles,
Des plus riches clartés humbles distributeurs.
Mais la postérité les compte et les salue;
Elle est juste, et courtoise aux gens de race élue
Qui de la vérité se firent serviteurs.

MARCHE.

MARCHE.

A Théodore de Banville.

Le char s'en va, conduit par quatre chevaux blancs,
Sans taches, deux de front, tous quatre ressemblants.

L'hiver a déroulé son grand tapis de neige,
Où des vierges sans bruit chemine le cortége ;

En fourrure d'hermine, en robes de satin,
Les pleurs glacés dans l'œil par le froid du matin.

Le ciel est gris de perle et très-calme : — les cierges
Brûlent d'un feu tranquille aux mains pures des vierges.

Les vieux genévriers, pour ce deuil virginal,
Portent rameaux de givre et feuilles de cristal.

Torrents vitrifiés et cascades gelées
Dorment en flots de marbre aux versants des vallées.

D'un grand bloc de glaciers le soleil émergeant
Monte au ciel sans rayons comme un astre d'argent.

Plus haut que le soleil, en ordre sur deux lignes,
Émigrant vers le Nord, passe un long vol de cygnes.

L'ÉTOILE DU BERGER.

L'ÉTOILE DU BERGER.

A Sainte-Beuve.

LE BERGER.

Étoile du berger, si tu voulais m'entendre,
Toi qui brilles là-haut comme un pur diamant;
Où mon œil n'atteint pas, ton regard peut descendre;
Par cette belle nuit tu verras clairement.....

L'ÉTOILE.

Je vois plusieurs pays..... Lequel regarderai-je?

LE BERGER.

Le pays au delà des étangs.

L'ÉTOILE.

J'aperçois
Un chemin déroulé comme un ruban de neige.
Il sort d'une colline et se perd dans les bois. ...

LE BERGER.

Mais pour aller plus loin.

L'ÉTOILE.

Oui. Le voilà qui marche
En plaine, par les champs de trèfle voyageant.
Après un long détour il saute un pont d'une arche,
Où dans les joncs miroite une source d'argent.

Là je dois m'arrêter : le chemin a deux branches.

LE BERGER.

Prends celle qui descend dans le creux d'un ravin.

L'ÉTOILE.

Sous de vieux châtaigniers j'y vois des maisons blanches
Qui grimpent au hasard..... j'en compte quinze ou vingt.
Tout le village dort.

LE BERGER.

Va jusqu'à la dernière.
Dis-moi si les volets ne sont pas entr'ouverts.

L'ÉTOILE.

Aux fenêtres d'en haut passe un fil de lumière.

LE BERGER.

Et ton regard discret que voit-il à travers?

L'ÉTOILE.

Une fille aux bras nus, songeuse, ouvre l'oreille
(Les cheveux dénoués, oubliant son miroir)
Au couplet printanier du rossignol qui veille,
Lui chantant le secret de son cœur sans la voir.

Avril épanouit tout son luxe autour d'elle,
Mariant, pour lui plaire, et couleur et parfum,
Fleurs des bois, fleurs des prés, fleurs des eaux... Mais la
Pour qui sont les bouquets n'en regarde pas un.   [belle

Je devine pourquoi. La fleur qu'elle respire
Est dans sa gorge brune et tout près de son cœur.
L'amoureuse lui donne un baiser.

LE BERGER.

                              Peux-tu dire
Le nom de la fleurette?

L'ÉTOILE.

Un muguet.

LE BERGER.

                    C'est ma fleur.

SOUS LES HÊTRES.

SOUS LES HÊTRES.

A Francis Blin.

Las du rail continu, du sifflet des machines,
Conduit par mes deux pieds, comme un simple marcheur,
J'aime à vivre en plein bois dans l'herbe des ravines,
Enveloppé d'oubli, de calme et de fraîcheur.

Là jamais aucun bruit des wagons ni des cloches;
Pas même l'Angélus d'un village lointain.
J'écoute un filet d'eau qui, filtrant sous les roches,
Fait frémir au départ trois feuilles de plantain.

Le beau loriot jaune et la mésange bleue,
Souvent de compagnie avec le merle noir,
Doux chanteurs buvant frais, viennent d'un quart de lieue,
Réjouis du bain pur et charmés du miroir.

Le plus riche voisin de la source limpide
Parfois comme un éclair s'échappe des roseaux :
C'est un martin-pêcheur au vol droit et rapide,
Emportant sur son aile un reflet vert des eaux.

Blutée à petit jour par les feuilles de hêtre,
Une lueur discrète éclaire les ravins,
Peuplés d'esprits follets que j'aime à reconnaître :
Sphinx, papillons nacrés, faunes et grands sylvains.

Sous la haute forêt le cœur troublé s'apaise.
Les plus fraîches senteurs m'arrivent à la fois.
Est-ce un parfum de menthe, un souvenir de fraise?
Est-ce le chèvrefeuille ou la rose des bois?

Rêveur enseveli dans une paix profonde,
Du long fuseau des jours j'aime à perdre le fil.
J'aime à ne plus savoir quel âge a notre monde;
Si je suis un enfant du siècle ou de l'an mil.

Et j'aime à voir passer là-bas, gardant ses chèvres,
La petite fileuse au sourire ingénu,
Qui va chantant d'un cœur aussi pur que ses lèvres
Une vieille chanson d'un poëte inconnu;

La chanson qui jadis a charmé sa grand'mère,
Et qu'aux arbres des bois souvent on redira,
Tant qu'on pourra cueillir muguet et primevère,
Et que la fleur d'amour dans une âme éclôra.

NUIT TOMBANTE.

NUIT TOMBANTE.

A Jules de Blanzay.

Dans les eaux sans reflet d'une boueuse mare,
Le froid soleil d'hiver, brusquement descendu,
Comme un astre honteux de sa lumière avare,
Sous un tas de roseaux frissonnants s'est perdu.

Je reconnais encor, dans une vapeur grise,
Un rang de peupliers qui se profile en noir,
Tantôt droit, et tantôt souffleté par la bise;
Mais à mes pieds la route est impossible à voir.

Pas un son d'Angélus dans la campagne nue,
Et pas un maigre feu de pâtre s'allumant. —
Je traverse en aveugle une lande inconnue,
Dans un pays désert. — Pas un seul aboîment.

Mais là-haut, dans le ciel, une étrange voix parle,
Et semble articuler des mots incohérents,
Monologue inquiet d'un cygne ou d'un grand harle
Qui cherche dans la nuit ses compagnons errants.

Cette grave clameur descend au marécage
Dont le voyageur las a flairé les roseaux. —
Plus rien n'émeut le froid et sombre paysage : —
Nuit partout, dans le ciel, sur la terre et les eaux.

PROMENADE.

PROMENADE.

Lace tes brodequins, ma belle, et partons vite.
Noue en un seul bouquet tes cheveux châtain-clair.
Nous irons par les bois. — Le ciel bleu nous invite.
C'est déjà le printemps qu'on respire dans l'air.

Nous prendrons, si tu veux, ce petit chemin jaune
Qui, sous les bouleaux blancs, court dans le sable fin ;
Pour nos pieds d'amoureux sentier large d'une aune,
Mais qu'on suit tout un jour sans en trouver la fin.

Nous irons nous asseoir au bord des sources fraîches
Où le chevreuil léger comme une ombre descend,
Où nous avons cueilli la plante aux vertes flèches. —
Dans le creux de ta main nous boirons en passant.

4.

Et nous écouterons sur les mares dormantes
Cet invisible écho, prompt à s'effaroucher,
Que tu croyais blotti parmi les fleurs des menthes,
Et qui ne dit plus rien dès qu'on veut l'approcher.

Notre cœur saluera ces vieux hêtres intimes
Sous lesquels, vers le soir, trop émus pour causer,
Pour la première fois tous deux nous répondîmes
Au chant du rossignol par un muet baiser.

Loin d'être indifférents au souvenir des autres,
Nous verrons si le temps n'aurait pas effacé
Du grand arbre les noms plus anciens que les nôtres,
Noms d'heureux qui s'aimaient dans le siècle passé.

Et nous bénirons Dieu, qui, nous ayant fait naître
Au nombre des élus, a choisi notre jour :
Si j'étais né plus tôt, sans pouvoir te connaître,
Il m'aurait fallu vivre et mourir sans amour.

Quand le ciel n'a pour nous que des rayons de fête,
Quand tous les arbres sont richement habillés,
S'il est de pauvres gens qui vont baissant la tête,
Et dans l'or du soleil marchent déguenillés;

Toi qui dans les douleurs sais discrètement lire,
Et dont les belles mains prêchent la charité,
Tu répandras ta bourse avec un clair sourire : —
On nous pardonnera notre félicité.

MARGUERITE.

MARGUERITE.

A Hippolyte Gautier.

LE RUISSEAU.

A quoi rêve ton cœur, petite lavandière ?
Sans être curieux, pourrais-je le savoir ?
Tu ne me chantes plus ta chanson printanière,
Et tes deux bras dormants tombent sur ton battoir.

MARGUERITE.

Je rêvais d'un pays où doit passer ta course.

LE RUISSEAU.

Est-ce en pays d'amont, sous les bouleaux tremblants
Qui se plaisent à voir au flot pur de ma source
Leur fine chevelure et de longs fuseaux blancs ?

MARGUERITE.

Ne cherche pas si loin.

LE RUISSEAU.

Tu veux parler sans doute
Du large étang, voilé de joncs et de roseaux,
Où, voyageur aveugle enchevêtrant ma route,
J'eus peine à démêler le fil clair de mes eaux?

MARGUERITE.

Je parle d'une lieue avant la Roselière.

LE RUISSEAU.

Serait-ce la vallée où je tourne un moulin,
Où, s'éveille, à l'aurore, une blonde meunière
Dont les regards sont bleus comme une fleur de lin?

MARGUERITE.

Non. — Mais un peu plus bas tu dois connaître une île,
Quand tes eaux font la fourche en embrassant les prés.

LE RUISSEAU.

J'y rencontre un hameau suivant mon cours tranquille,
Où croît la belle plante aux longs épis pourprés.

MARGUERITE.

C'est bien là.

LE RUISSEAU.

J'y passais hier dans la soirée;
Autant que j'ai pu voir, on fêtait la Saint-Jean.
Comme aux jours fériés la foule était parée :
Coiffes de pur linon, souliers bouclés d'argent.

Ayant noué leurs mains pour une immense ronde,
Sur la pelouse en fleur les plus jeunes dansaient;
A voir le bon accord de tout cet heureux monde,
Par la joie éclairés, les vieux rajeunissaient.

Adossé gravement aux barres des écluses,
Un seul restait songeur, parmi les beaux garçons,
Faisant la sourde oreille au bruit des cornemuses,
Et ne paraissant guère écouter les chansons.

C'est un grand faucheur brun, d'une fière tournure,
Tout bronzé par le hâle et brûlé du soleil,
Portant comme les rois sa longue chevelure. —
Son œil était fixé vers le couchant vermeil.

Bien des filles passaient, il n'en voyait aucune.
Celle qu'il attendait ce soir-là ne vint pas.

MARGUERITE.

Celle qu'il attendait..... est-elle blonde ou brune?

LE RUISSEAU.

Penche-toi sur mes eaux, tu la reconnaîtras.

BAIGNEUSE.

BAIGNEUSE.

Si je suis reine au bal dans ma robe traînante,
Noyant mon petit pied dans un flot de velours,
Je suis belle en sortant de mes grands cerceaux lourds.
Je n'ai rien à gagner dans leur prison gênante.

Voyant mes cheveux d'or ondoyer sur mes reins,
La Vénus à la conque aurait pâli d'envie.
Comme elle, sur les eaux, tritons et dieux marins,
Tout frémissants d'amour, longtemps m'auraient suivie.

Ingres n'a pas trouvé de plus riche dessin.
Quel merveilleux accord dans la grâce des lignes !
Ni taches, ni rousseurs... Pas de vulgaires signes
Jurant sur les tons purs de l'épaule ou du sein.

Ma bouche est un écrin meublé de perles fines.
J'ai de grands yeux plus doux que la fleur d'un bluet.

Pour me faire si blanche avec ce corps fluet,
Ma mère au fond d'un rêve a dû voir des hermines.

Que n'étais-je à la cour de France au temps jadis!
Quels sonnets m'eût chantés la Pléiade charmée!
Sous le ciel d'Italie, aux jours de Léon Dix,
Le divin Sanzio m'eût peinte et m'eût aimée!

Depuis longtemps déjà vous avez les yeux clos
(Hélas! comme à regret je fleuris la dernière),
Diane de Poitiers, la belle Ferronnière,
Et Marion Delorme, et Ninon de Lenclos!

Ah! dans l'ordre des temps quelles métamorphoses!
Les poëtes sont morts... les amours sont grossiers....
Adieu le gentilhomme! — Il faut plaire aux boursiers,
Gros phalènes ventrus se vautrant sur les roses.

LA VEUVE.

LA VEUVE.

I.

Le sourire est en fleur sur les lèvres des belles,
Dans la saison d'avril et des robes nouvelles. —
Salut, ô rubans clairs, guimpes et cols brodés,
Bonnets aériens!... toute la panoplie
Révélant le bon goût d'une femme accomplie
Traîne sur les fauteuils. — Les tiroirs sont vidés.

C'est la fin d'un grand deuil. — La veuve blanche et rose
Travaille avec lenteur à sa métamorphose. —
Elle est toute rêveuse en se déshabillant.
Un vague souvenir de ses douleurs passées
Mêle un papillon noir à ses riches pensées,
Essaim de pourpre et d'or qui va s'éparpillant :

« Je puis donc reléguer dans le fond d'une armoire
Ce long châle funèbre, et cette robe noire
Qui me gêne le cœur depuis quatorze mois.
Si le deuil est le fard des blondes, je suis brune...
Les veuves d'aujourd'hui, j'en connais... mais pas une
Ayant porté si jeune une aussi lourde croix.

« Ah! j'aurais préféré la haire et le cilice
Aux lois de l'étiquette, à l'irritant supplice
D'endosser tous les jours l'austère mérinos .
Dire que j'ai porté des gants de filoselle!
Que j'avais de faux airs de vieille demoiselle
Dont la chair historique a séché sur les os!

« Non, jamais Velléda, la prêtresse des Gaules,
N'a dû voir ruisseler sur ses blanches épaules
Sa grande chevelure à flots plus abondants; —
Et, sans trop me flatter, j'ai vraiment peine à croire
Que mon piano d'Érard ait un clavier d'ivoire
D'un ordre aussi parfait que mes trente-deux dents.

« Quand je songe au défunt... c'était un galant homme,
Un peu mûr, un peu chauve, érudit, mais en somme
Offrant à l'analyse un type assez banal;
Un de ces beaux diseurs précieux et vulgaires
Écoutant leur parole, et ne se doutant guères
Qu'ils n'ont jamais pensé plus haut que leur journal.

« Ma première jeunesse était mésalliée,
Et j'ai dû vivre ainsi qu'une fleur repliée... —
Je crois, en vérité, que, dix-neuf fois sur vingt,
Faire choix d'un mari dans un siècle de prose,
C'est vouloir essayer d'un piètre virtuose
Dont le doigt lourd profane un instrument divin.

« Aussi facilement qu'un chapitre d'histoire,
Son image aux deux tiers s'en va de ma mémoire :
C'est une vague estompe, un pastel affaibli ;
Et je retrouve à peine au fond de ma pensée
Un relief indécis de médaille effacée,
Un profil incertain qui se perd dans l'oubli.

« Sa demeure dernière est au Père-Lachaise,
Sous le sable peigné d'un parterre à l'anglaise.
J'y fais planter des fleurs des pays inconnus.
L'hiver comme l'été son boulingrin verdoie.
Le sophora pleureur du Japon s'y déploie...
Enfin, c'est un des morts les mieux entretenus.

II.

« Du vêtement lugubre où j'étais enfermée,
Par un rayon d'avril je sors toute charmée :

Je romps ma chrysalide aux souffles du printemps.
J'ai le sang plus léger que du sang d'hirondelle.
J'aimerais à pouvoir m'envoler d'un coup d'aile
Dans l'éther bleu... Mon âme a la couleur du temps.

« Mes robes de satin, de soie et de barége
Ont l'aspect de brouillards, de tourbillons de neige :
Le tissu, merveilleux de richesse et d'ampleur,
Les tulles bouillonnés et les flots de malines
Donnent un vrai lyrisme aux grâces féminines :
La femme est à la fois papillon, femme et fleur.

« Mon corsage est une œuvre exquise d'élégance. —
Des jupes à longs plis j'aime l'extravagance.
(La traîne exigerait peut-être un négrillon.)
Nos grands cerceaux nous font marcher comme des reines,
A pas lents et rhythmés. — Autrefois leurs marraines
N'habillèrent pas mieux Peau-d'Ane et Cendrillon.

« A dater d'aujourd'hui je recommence à vivre.
L'air pur, le grand soleil, les roses, tout m'enivre.
Le chant des rossignols monte au ciel réjoui.
Il est juste qu'enfin mon pauvre cœur renaisse.
Il me faut, pour charmer ma seconde jeunesse,
Un amour de vingt ans tout frais épanoui.

« Je veux aimer. — J'ai soif des sources ignorées,
Et me souviens parfois des biches altérées
Soupirant, au désert de l'Ancien Testament,
Après le miroir bleu des limpides fontaines
Qui, sous les tamarins des oasis lointaines,
Entre les fleurs des eaux dorment si clairement! »

MARINE.

MARINE.

A L. G. De Bellée.

Au fond d'un lointain souvenir,
Je revois, comme dans un rêve,
Entre deux rocs, sur une grève,
Une langue de mer bleuir.

Ce pauvre coin de paysage,
Vu de très-loin, apparaît mieux,
Et je n'ai qu'à fermer les yeux
Pour éclairer la chère image.

Dans mon cœur les rochers sont peints
Tout verdis de criste marine,
Et je m'imprègne de résine
Sous le vent musical des pins.

L'œillet sauvage, fleur du sable,
Exhale son parfum poivré,
Et je me sens comme enivré
D'une ivresse indéfinissable.

De longs groupes de saules verts,
A l'éveil des brises salées,
Mêlent aux dunes éboulées
Leurs feuillages, blancs à l'envers.

Je revois comme dans un rêve,
Au fond d'un lointain souvenir,
Une langue de mer bleuir
Entre deux rocs, sur une grève.

SOIRÉE D'HIVER.

SOIRÉE D'HIVER.

A Édouard Leconte.

Au coucher du soleil, toute la forêt semble
Dans le recueillement : touffes de chênes roux,
Petits genévriers, maigres buissons de houx,
N'ont pas dans la lumière une feuille qui tremble.

On n'entend qu'un oiseau, travailleur attardé,
Dans le canton lointain des châtaigniers antiques ;
On écoute à travers les grands bois pacifiques
Le pivert, dont le bec fait un bruit saccadé ;

Étrange oiseau connu de cet homme qui passe
Dans la lueur tranquille et pure du couchant ;
Ce n'est pas un vieillard qui se traîne en marchant,
Dont l'échine se courbe et dont la jambe est lasse ;

C'est un rude piéton sortant de la forêt
Tout chargé de bois mort. — Son pas ferme s'allonge :
Il a vu le soleil, comme une grosse oronge,
Qui là-bas s'enfouit dans l'herbe et disparaît.

Il marche allègrement... le fond du cœur rumine
Quelque chose d'heureux... Dans le ciel clair et froid
Monte un fil de fumée, un long fil bleu tout droit...
Son vieux masque rugueux et tanné s'illumine.

Dans ce pli du terrain où finit l'horizon,
Il n'arrivera pas avant la nuit peut-être;
Mais il a sur l'épaule un riche feu de hêtre
Pour égayer les coins de toute la maison.

Là, sous un toit moussu, fenêtre et porte closes,
A l'heure du berceau, les enfants réjouis
Ouvriront de grands yeux par la flamme éblouis,
Quand il déchaussera leurs chers petits pieds roses.

TROIS VIEILLES.

TROIS VIEILLES.

A Jules Vallès.

I.

Le prêtre avait béni l'enfant qu'on enterrait... —
Trois vieilles sœurs buvaient au fond d'un cabaret.

Depuis dix ans les sœurs ne s'étaient rencontrées
Qu'une fois; les soleils de Paris sont trop courts :
On se voit quand on peut dans la suite des jours,
Comme des voyageurs des lointaines contrées;
Du faubourg Saint-Antoine au faubourg Saint-Marcel,
Pour les gens de Paris la course est aussi grande
Que pour les gens de mer s'en allant d'Arkhangel

Aux récifs de corail de la Nouvelle-Irlande.
On broute à son attache, on vit séparément
Pour se voir aux grands jours du prêtre et du notaire,
Alors qu'on se marie, ou bien quand on s'enterre.
Or, cette fois, c'était pour un enterrement.

II.

La plus haute en couleur était riche en paroles,
Opulent spécimen de ces nombreuses folles
Qui sur le pavé gras ont largement vécu,
Buvant au jour le jour jusqu'au dernier écu.
Le masque rouge était comme infiltré de lie,
Témoignant de l'amour banal et du gros vin.
La créature avait sans doute été jolie,
Mais quarante ans plus tôt, quand elle en comptait vingt.
Un châle aux tons criards enveloppait la vieille,
Un madras à carreaux lui pendait sur l'oreille;
C'était du vieux plaisir bourgeois et déhanché,
Mais le brodequin mauve était bien attaché.

Par contre, la deuxième, étant sèche, menue,
Avait poussé tout droit, d'une seule venue;
Le froid visage maigre offrait les tons jaunis
Des cierges qui, n'ayant jamais été bénits,
Oubliés dans un coin obscur de sacristie,

Ne brûlèrent jamais pour éclairer l'hostie.
Sans pousser une plainte et sans se reposer,
Elle avait de longs jours vécu de son aiguille.
A la voir, on sentait que jamais un baiser
N'avait épanoui sa pauvre chair de fille ;
L'œil donnait le frisson ; le regard, bleu d'acier,
Comme un reflet d'hiver s'échappait d'un glacier.
L'âge avait buriné sur les coins de sa bouche
Deux grands plis effrayants d'égoïsme farouche,
D'un égoïsme étroit, implacable, brutal,
Qui jamais au bonheur des autres ne pardonne.
Malade une ou deux fois, la revêche personne,
Ne voulant pas coucher dans un lit d'hôpital,
Ébréchait son épargne au fond de son armoire.
(Pour tant de laiderons voués au célibat,
La vie est un obscur et terrible combat
Dont les grands écrivains ne savent pas l'histoire.)
Le chômage avait pris le reste de son gain.
Robe verte jadis, un long fourreau de serge
Drapait les angles droits de cette antique vierge,
Étouffant ses cheveux sous un étroit béguin :
On eût dit quelque nonne échappée à sa grille.

La femme en noir était la mère de famille.
Comme usé par les pleurs, son visage était blanc.
Elle ne buvait pas, elle faisait semblant,
Craignant d'humilier ses sœurs, les deux aînées,
Que son grand deuil avait ensemble ramenées.

Parfois , dans la torpeur de son accablement,
D'un long bras amaigri que tourmentait la fièvre,
Elle prenait son verre, elle y trempait sa lèvre,
Puis ses grands yeux taris regardaient fixement
Quelque chose... une image intime et personnelle
Que les deux autres sœurs ne cherchaient pas à voir,
Comprenant à demi la douleur maternelle
Et sachant que la femme était rentrée en elle,
Et trouvait dans son cœur comme un fond de miroir
Où dormait l'enfant mort, jeté dans un trou noir,
A la fosse commune, au bord de la tranchée
Où la foule anonyme à la hâte est couchée.
C'était son dernier-né, chérubin de sept ans.

Les deux autres étaient partis depuis longtemps :

L'un, en mer, aux lueurs de sa mauvaise étoile,
A bord d'un long trois-mâts tout chargé d'émigrants ;
Et le corps, mal cousu dans un lambeau de voile,
On ne sait où, flottait au hasard des courants.

L'autre, pris pour la guerre, avait suivi l'armée,
Sans rien voir, emboîtant le pas dans la fumée ;
Mais la Faucheuse avait couché les bataillons
Dru comme épis tombants au revers des sillons.

Dans un pli de ravin, au bord de la mer Noire,
On l'avait mis en terre, un lendemain de gloire,
Empilé sur un tas de vaillants inconnus,
Pauvres morts dépouillés, ensevelis tout nus,
Aussi nus qu'en sortant du ventre de leur mère.

III.

Vers cinq heures du soir, le jour s'enténébrant,
Les deux plus vieilles sœurs burent un dernier verre.
Et puis chacune prit un chemin différent :
La Rouge pour guetter quelque Arthur de barrière,
La Jaune pour souffler la braise de son feu;
Et la Blanche, voyant les autres disparues,
S'en alla devant elle, au hasard, par les rues,
Dans la nuit.. Pauvre femme!... elle croyait en Dieu.

CHANSON MARINE.

CHANSON MARINE.

A Eugène Vermersch.

Nous revenions d'un long voyage,
Las de la mer et las du ciel.
Le banc d'azur du cap Fréhel
Fut salué par l'équipage.

Bientôt nous vîmes s'élargir
Les blanches courbes de nos grèves;
Puis, au cher pays de nos rêves,
L'aiguille des clochers surgir.

Le son d'or des cloches normandes
Jusqu'à nous s'égrenait dans l'air;
Nous arrivions par un temps clair,
Marchant à voiles toutes grandes.

De loin nous fûmes reconnus
Par un vol de mouettes blanches,
Oiseaux de Granville et d'Avranches,
Pour nous revoir exprès venus.

Ils nous disaient : « L'Orne et la Vire
Savent déjà votre retour,
Et c'est avant la fin du jour
Que doit mouiller votre navire.

« Vous n'avez pas compté les pleurs
Des vieux pères qui vous attendent.
Les hirondelles vous demandent,
Et tous vos pommiers sont en fleurs.

« Nous connaissons de belles filles,
Aux coiffes en moulin à vent,
Qui de vous ont parlé souvent,
Au feu du soir dans vos familles.

« Et nous en avons pris congé,
Pour vous rejoindre à tire d'ailes.
Vous avez trop vécu loin d'elles,
Mais pas un seul cœur n'a changé. »

PAYSAGE NORMAND.

de Belle

- PAYSAGE NORMAND.

A Ernest Chesneau.

J'aime à suivre le bord des petites rivières
Qui cheminent sans bruit dans les bas-fonds herbeux.
A leur fil d'argent clair viennent boire les bœufs,
Et tournoyer le vol des jaunes lavandières.

J'en sais qui passent loin des grands fleuves bourbeux,
Diaphanes miroirs des plantes printanières,
Et les reines des prés s'y penchent les premières
En écoutant jaser cinq ou six flots verbeux.

Ma petite rivière a la mer pour voisine :
Plus d'un martin-pêcheur vêtu d'aigue marine
Coupe, sans y songer, le vol du goéland ;

Et parfois, ébloui de l'immensité bleue,
L'oiseau dépaysé, d'un brusque tour de queue,
Vers les saules remonte et va tout droit filant.

TABLE.

TABLE.

FIN DE LA TABLE.